ARISTOTE

EXTRAITS
DE LA RHÉTORIQUE

3495-96. — Corbeil. Imprimerie Éd. Crété.

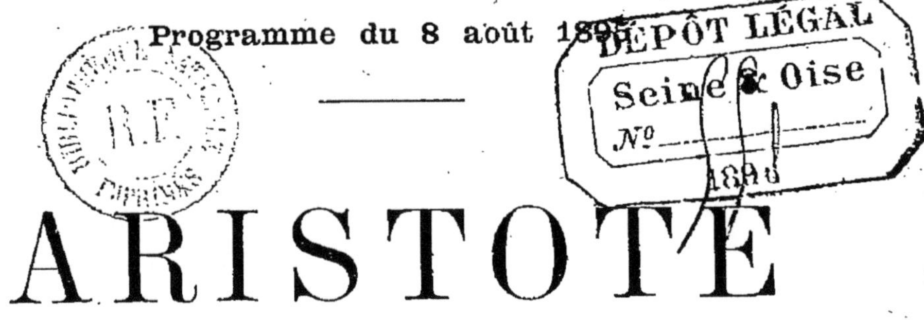

Programme du 8 août 189[illegible]

ARISTOTE

EXTRAITS DE LA RHÉTORIQUE

AVEC UNE INTRODUCTION ET DES NOTES

PAR

F. L. MARCOU

PROFESSEUR HONORAIRE AU LYCÉE LOUIS-LE-GRAND

PARIS

GARNIER FRÈRES, LIBRAIRES-ÉDITEURS

6, RUE DES SAINTS-PÈRES

1897

INTRODUCTION

I

Quelques faits et quelques dates suffiront à esquisser la biographie d'Aristote et à marquer sa place dans le siècle où il vécut.

Né à Stagyre, en Macédoine, l'an 384 avant J.-C., il mourut à Chalcis, en Eubée, l'an 322, la même année que Démosthène, un an après Alexandre. Il était fils de Nicomaque, médecin d'Amyntas III, père de Philippe, roi de Macédoine. Orphelin à 18 ans, il se rendit auprès de son tuteur Proxenos, à Atarné, petite ville de Mysie, d'où il vint bientôt à Athènes. Il y fut pendant vingt ans l'auditeur et l'élève de Platon à l'Académie. Après la mort de son maître, il fut, à Atané, l'hôte du tyran de cette ville, Hermias, son ami et bientôt son beau-frère ou son gendre. Hermias livré à Artaxerxès et assassiné, il se retira à Mitylène. C'est là que vint le chercher en 343 l'offre du préceptorat d'Alexandre, fils du roi de Macédoine. Son élève avait 13 ans. Quand Alexandre succéda à son père, en 336, Aristote alla à Athènes où il ouvrit au Lycée l'école du péripatétisme : il y enseigna jusqu'en 323. De cette époque datent la plupart des ouvrages qui ont fait d'Aristote le savant le plus universel de l'antiquité. Une mensongère accusation d'impiété, suscitée contre lui par les démagogues d'Athènes après la mort de son royal élève, le força à quitter Athènes pour Chalcis, où le suivirent la plupart de ses disciples, et où, après un an de séjour, il mourut de maladie. Il laissait un fils, Nicomaque, dont le nom reste attaché à un traité, *Morale à Nicomaque*, qu'écrivit pour lui son père, comme Cicéron écrivit pour son fils Quintus le traité *Des Devoirs*.

« Les nombreux ouvrages qu'il laissait passèrent aux mains de Théophraste, puis, vers 272, en celles de Nélée son disciple, dont les descendants gardèrent le précieux dépôt jusqu'en l'année 90, où ces manuscrits furent vendus au philosophe grammairien Apellicon de Téos. A la mort de ce dernier, Sylla, vainqueur d'Athènes, les fit porter à Rome, où ils furent copiés et révisés par un ami de Cicéron, le grec Tyrannion. En 39 ils prirent place dans la bibliothèque fondée par le consul Asinius Pollion, la première qui fut ouverte à Rome [1]. »

Histoire naturelle, Physique, Métaphysique, Mathématiques, Morale, Politique, rien n'est étranger à Aristote. Il a écrit sur tout sujet de nombreux ouvrages. Sa *Poétique* et sa *Rhétorique* ont été publiées ensemble. Pour ses travaux d'histoire naturelle, on sait que le conquérant de l'Asie faisait d'Asie à son ancien maître de précieux envois, auxquels s'ajoutait, avant le crime d'Alexandre, la correspondance de Callisthène. Il faut mentionner à part les traités réunis sous le nom de *Logique* ou *Organon* (ὄργανον, instrument [de raisonnement]), où, par un effort de génie, Aristote détermina les lois mathématiques du raisonnement. La Logique a servi de base à l'enseignement de la scholastique jusqu'à la révolution philosophique de Descartes au XVIIe siècle.

II

Avant Aristote, — et le Sicilien Tisias, « *artis princeps et inventor* », dit Cicéron [2], avait écrit sur la rhétorique d'après les leçons de son maître Corax ; — et Gorgias, et Protagoras, et Polus, célèbres sophistes venus aussi de la Sicile et combattus par Socrate, — et, depuis, Isocrate, avaient enseigné, soit par la parole, soit par la plume, l'art qu'ils

[1] M. Ch. Émile Ruelle, *Notice préliminaire* de la traduction de la *Poétique* et de la *Rhétorique*.

[2] *De Inventione*, II, 2.

pratiquaient, dans quel esprit on le devine. Platon le premier avait fait dans le *Gorgias* la théorie morale, dans le *Phèdre* la théorie philosophique de l'éloquence. Si nous mentionnons encore la « Rhétorique à Alexandre » attribuée à Aristote, qui est conservée, et le « Gryllus » que l'on suppose d'après un passage de Quintilien (11, 17) avoir été un dialogue, qui est perdu, — nous aurons à peu près la liste des Rhétoriques qui ont précédé ou accompagné le chef-d'œuvre définitif qui nous occupe. Il y rend à l'art de la parole sa dignité qu'avait compromise la pratique des sophistes, que les théories de Platon n'avaient pas fait sortir du domaine philosophique, que l'éloquence « écrite » d'Isocrate avait renfermée dans l'école où il lisait ses discours ; et il l'enseigne avec une souveraine autorité, après que l'avaient pratiqué avec talent les Lysias, les Hypéride, les Lycurgue, avec génie l'incomparable Démosthène. Ce fut un de ses derniers ouvrages. Il l'écrivit à Athènes, dans les dix années de son enseignement philosophique au Lycée (334-324.)

Qu'est-ce donc que la rhétorique pour le maître? La science et l'art de persuader? selon la définition moderne et usuelle? Non. C'est une « faculté » (δύναμις). La dialectique, dont elle est « la correspondante, le pendant » (I, 1, au début), est la faculté de discuter sur toute chose en raisonnant avec un interlocuteur et de prouver le certain par le certain. La rhétorique est la faculté de trouver les moyens de persuader des auditeurs en prouvant le probable par le probable. Déterminer une méthode qui apprendra à mettre en pratique cette faculté constitue l'art de la rhétorique.

Toute l'éloquence qui sera le fruit et l'exercice de cette faculté consistera dans le développement des preuves qu'on fera accepter à l'esprit des auditeurs. Or on ne peut agir sur les esprits qu'en les connaissant. On ne peut les connaître que par la science des mœurs et des passions. Donc l'argumentation est la fonction de l'éloquence; la science de l'âme est sa condition. Le reste seront les dehors de l'art, τὰ ἔξω.

On comprend dès lors pourquoi le 1er livre d'Aristote est consacré à exposer les principes essentiels de l'argumentation pour tout genre de discours; la plus grande partie du 2e, justement renommée et restée classique, à décrire les mœurs et les passions. La suite du 2e et le 3e contiennent la technique de la rhétorique : Aristote y portera d'ailleurs, comme dans ce qui les a précédés, « ce même génie qui pénétrait l'essence et le fond des choses » qu'on admire après Cicéron (*De Oratore*, II, 38.)

Au triple caractère, philosophique, moral, technique, de la *Rhétorique* d'Aristote, ajoutons celui d'être pratique. Le maître n'est pas seulement un philosophe qui analyse les idées, un moraliste qui connaît les hommes, un théoricien qui en déduit un art : il est, comme l'orateur qu'il instruit, comme les auditeurs que l'orateur instruit par lui a pour fonction de persuader, citoyen d'une société civile et politique. Il en connaît les besoins, les nécessités et les devoirs. Il sait que l'orateur aura à parler, que les auditeurs, juges sur un tribunal, ou citoyens au pnyx, auront à prononcer sur le droit, l'honnête, l'utile, sur l'ordre intérieur de la cité ou les intérêts extérieurs de la patrie. Ces grandes idées seront le fond général de toute exposition, de toute discussion, de toute délibération, de tout arrêt, partant la source et l'aliment de toute éloquence; la morale et la politique se pénètreront mutuellement. Ces questions, Aristote, dans les analyses de ses 1er et 2e livres, les traite en politique aussi bien qu'en philosophe au point de vue de la pratique qui doit les appliquer. Il traite des différentes formes de gouvernement, comme dans sa *Politique*; il traite surtout abondamment des conditions de l'éloquence judiciaire, qui d'ailleurs occupe aussi une place prédominante dans les différents ouvrages de rhétorique de Cicéron ; il arme de toutes pièces et l'avocat et l'homme politique. « Les orateurs des parlements d'Angleterre, des diètes de Pologne, des États de Suède, dit Voltaire [1], ne trouveront pas ces leçons d'Aristote inutiles ; elles le sont peut-être à d'autres nations. » Que dire de plus sur leur caractère et leur utilité pratique ?

[1] *Dictionnaire philosophique*, article *Aristote*.

III

Si les Rhétoriques qui ont suivi la Rhétorique d'Aristote, — et, pour abréger, nous comprenons sous ce terme général les différents traités de Cicéron et celui de Quintilien, les seuls qui nous restent, et après eux, les Rhétoriques modernes, — se sont inspirées de leur modèle, si elles lui ont emprunté ses principes, ses définitions, ses divisions, elles ne se sont pas calquées sur lui. Ce qui fait, on l'a dit, l'originalité et la supériorité[1] de la Rhétorique d'Aristote, c'est le caractère philosophique qu'il lui a imprimé ; la finesse, la profondeur, et, sur certains points, la rigoureuse anatomie des analyses ne pouvaient être égalées ni même imitées. Mais le plan général d'Aristote n'a pas été adopté sans modification par ses successeurs; il a été ramené à une régularité plus sévère, et, s'il faut le dire, plus logique; les termes qui en ont établi et dénommé les divisions ont été précisés, leur ordre changé, les proportions de leur développement réduites ou étendues.

Aristote a traité de l'Invention, avec quelle abondance, quelle profondeur, quelle autorité, on le sait et on l'a admiré ; mais il ne lui a pas attribué le nom qu'elle a pris sous d'autres plumes et qu'elle a gardé. Dans la rédaction de la partie considérable qu'il a consacrée aux « mœurs » et aux « passions » il n'a pas toujours distingué les mœurs dites « oratoires », qui sont le caractère d'honnêteté imprimé par l'orateur à son langage pour disposer favorablement son auditoire, de l'analyse et de la peinture des mœurs générales dont la connaissance, comme celle des passions, intéresse chez l'orateur le moraliste.

Il n'a pas précisé les règles de la Division, de l'ordonnance des preuves dans la Confirmation. S'il a donné de grands développements à l'Élocution, si, dans cette partie, il a multiplié des détails où l'on trouve à la fois le grammairien, le philosophe, l'homme de goût, voire l'homme d'esprit, il est muet sur ces multiples « figures de pensée » que les

[1] E. Havet, *De la Rhétorique d'Aristote.*

Rhétoriques ont depuis distinguées, expliquées, énumérées, dénommées. Que chez lui ce soit une lacune, ou que c'eût été une superfétation, ne nous prononçons pas ; disons seulement sur ce point, comme sur les précédents, qu'il y a une différence entre son ouvrage et les ouvrages similaires. Sur les qualités qu'on a appelées « générales » et « particulières » du style, il n'est ni aussi ordonné, ni, à beaucoup près, aussi complet qu'on l'a été après lui ; nous n'avons garde de le signaler comme une lacune : il n'avait pas à l'être : son unique objet était d'enseigner à l'orateur le langage qui lui est propre : ce sont les Rhétoriques qui, depuis, ont élargi, en ce point, le cadre de leur sujet.

Mais, pour en venir aux différences les plus considérables qu'on ait à noter entre elles et celle du maître, elles sont dans la place respective donnée par l'une et par les autres à deux des quatre parties qui constituent le tout de l'art oratoire, et le peu de place que l'une a donné à ce qui devait en occuper une très étendue chez les autres. Dans le plan d'Aristote l'Élocution précède la Disposition, voilà la première différence ; quelques lignes lui suffisent sur l'Action, voilà la seconde.

Comment expliquer la première différence ? Elle nous étonne : nous sommes si pénétrés, non sans raison, de la prescription classique ! « Avant tout il faut avoir réfléchi sur ce que l'on doit dire, puis sur l'ordre dans lequel il sera mieux de le dire ; restera ensuite à le dire. » C'est qu'Aristote a beau écrire au début de son 3e livre : « L'orateur doit considérer trois choses ; la première, les moyens de persuader ; la seconde l'Élocution, qui les dira ; la troisième, l'ordre qui les placera » : en réalité il ne lui importait guère, ce semble, que la Disposition vînt avant ou vînt après. Quelques lignes plus loin, il ne paraît plus les distinguer, malgré l'appareil du *primo* et *secundo* qui revient : δεύτερον δέ ταῦτα τῇ λέξει διαθέσθαι ; deux mots, on le voit, ont suffi pour faire la confusion.

Comment expliquer la seconde différence ? Ici la confusion s'accuse d'une façon plus singulière. Après le δεύτερον qui vient d'être noté, oubliant la triple division établie au début, il ajoute : τρίτον δὲ, ὃ δύναμιν ἔχει μεγίστην, τὰ περὶ τὴν ὑπόκρισιν (l'Action). Et c'est cette partie, qualifiée de capitale, qu'il va complètement négliger?

L'explication définitive et commune des deux points signalés sera la même. C'est qu'au fond et cette Élocution sur laquelle il s'étend, et cette Action sur laquelle il ne s'étend pas, lui paraissent également « à le bien prendre, méprisables, δοκεῖ φορτικὸν εἶναι, καλῶς ὑπολαμβανόμενον » (III, 1.); qu'elles n'ont pris d'importance qu'à cause de l'imperfection morale et la sottise de l'auditeur (τοῦ ἀκροάτου μοχθηρίαν, *ibid.*); que parler de telle ou telle manière n'est pas, après tout, de si grande conséquence (οὐ μέντοι τοσοῦτον, *ibid.*), que tout ce qui est en dehors de la démonstration ne signifie rien et n'est que pour l'effet (φαντασίᾳ, *ibid.*); — voilà pour l'élocution; — que, quant à l'action, c'est un talent de nature, ce n'est pas un art (ἐστι φύσεως καὶ ἀτεχνότερον, *ibid.*); — et que, malgré tout cela, le prix sera toujours à qui parlera bien et à qui saura bien jouer le jeu de l'action (τοῖς κατὰ τὴν ὑπόκρισιν ῥήτορσι, *ibid.*).

Qu'en conclure? C'est que les hommes sont ainsi faits que, pour les persuader du haut d'une tribune ou à la barre d'un tribunal, avant tout il faut, quoi qu'on leur dise, dans quelque ordre qu'on le leur dise, le leur bien dire, plaire à leurs oreilles par l'élocution, parler à leurs yeux par l'action. Le moyen de plaire aux uns, je vais le dire, puisque c'est mon sujet; le moyen de parler aux autres, ce n'est pas mon affaire : voilà ce que semble nous faire entendre Aristote et par les détails qu'il donne à l'Élocution, et par ceux qu'il refuse à l'Action. Voilà ce qu'une sorte de pessimisme philosophique à l'endroit des assemblées humaines lui suggérait.

C'est à cette conclusion que la pratique de l'éloquence amenait Démosthène en même temps qu'y aboutissait celui qui en faisait la théorie, et, après Démosthène, Cicéron. Avant que Buffon dît dédaigneusement d'une certaine éloquence : « C'est le corps qui parle au corps, » Cicéron avait dit : « *Est actio quasi corporis eloquentia, quum constet e voce atque motu* » (*Orator*, XVII), et déjà, plus brièvement : « *Est actio quasi* sermo corporis » (*De Orat.*, III, 59.) Et, faisant appel au témoignage plus significatif et plus tranchant de celui qui, au dire de Quintilien, « l'avait fait ce qu'il fut » : *Infantes, actionis dignitate, eloquentiæ sæpe fructum tulerunt ; et diserti, deformitate agendi, multi infantes putati sunt ;* ut jam non sine causa Demosthenes tribuerit et primas et secundas et tertias actioni (*Orator, ibid.*). Et c'est aussi ce qui explique l'abondance des détails d'une curieuse minutie qu'a donnés sur l'action un autre maître et théoricien de l'art de la parole, Quintilien (*De Instit. oratoria*, XI, 3.). Et c'est enfin, — pour en revenir à l'Élocution, et finir par elle, — c'est à elle que Cicéron a consacré la moitié de cet *Orator*, dernier résumé de sa science, dépôt de son expérience, à vrai dire, son testament oratoire ; l'orateur idéal dont il y veut fixer la définition, c'est celui qui sait charmer les oreilles.

Si sur ce moyen, non d'instruire l'esprit, mais de plaire à l'oreille, et, en lui plaisant, de contribuer à persuader, en dépit de l'essence même de l'éloquence qui devrait être seulement de convaincre, si sur l'Élocution Aristote est abondant, il ne semble pas, par contre, inviter l'orateur à remuer son auditoire par le pathétique. Il analyse longuement et curieusement les passions en philosophe, parce que l'orateur doit les connaître en moraliste : mais, arrivé au chapitre de la Péroraison, trois lignes lui suffisent pour lui rappeler qu'il a encore à « émouvoir les passions ». C'est tout ce qu'il lui convient de dire sur ce moyen puissant de persuasion et d'entraînements qui inspire si bien et si souvent Cicéron dans la théorie qu'il en expose et dans la pratique qu'il en fait.

On ne s'étonnera pas que Fénelon ait jugé sèche la *Rhétorique* d'Aristote, et pour cette raison, et pour une autre sans doute, que voici : « Il n'y a point d'éloquence sans poésie, » a dit Fénelon au second livre de ses *Dialogues sur l'Eloquence*, et, insistant quelques lignes après : « La poésie, c'est-à-dire la vive peinture des choses, est comme l'âme de l'éloquence. » Cicéron l'avait insinué avant lui : « *In oratore acumen dialecticorum, sententiæ philosophorum,* verba prope poetarum, *memoria jurisconsultorum, vox tragædorum, gestus pæne summorum actorum est requirendus* » (*De Oratore*, I, 28). Et de fait, cette poésie de l'imagination n'est-elle pas dans l'éloquence de Bossuet, et, quand elle n'est pas disparate, la saurait-on bannir du discours? Ἑτέρα λόγου καὶ ποιητικὴ λέξις ἐστί, a écrit au contraire

Aristote; et il est préoccupé de la confusion qu'en pourrait faire l'orateur; et, s'il donne les métaphores comme une des qualités du style oratoire, il entend sous ce mot, nous le savons, les « tropes » divers. Non qu'il ne goûte dans l'éloquence la métaphore au sens restreint et usuel qui implique l'idée d'un éveil de l'imagination; non qu'il ne recommande, lui aussi, (III, 11) la « vive peinture des choses » : mais, comme sur l'emploi du pathétique, il reste froid. Il n'était pas sans intérêt de signaler, quelque conclusion qu'on en doive tirer pour apprécier définitivement l'ensemble de sa théorie oratoire, ce contraste avec notre Fénelon et avec Cicéron, si chaleureux tous deux, l'un sur la poésie, — l'autre sur le pathétique, — de l'éloquence, à l'encontre du philosophe dont ils n'en admiraient pas moins, dans l'art, dont ils sont tous trois les théoriciens consommés, la profondeur et le génie.

IV

Limité forcément dans le choix des passages qui doivent, d'après la lettre du programme, constituer un recueil d'Extraits, nous avons dû adopter une règle pour faire ce choix. Il nous a été facile de nous la fixer.

Tout d'abord nous ne pouvions oublier que ces Extraits sont destinés, non à des élèves de philosophie, mais à des élèves de la classe de rhétorique; que, par conséquent, bien des analyses qui, dans l'œuvre d'Aristote, ont plus particulièrement un caractère d'abstration philosophique (par exemple, *Du plus et du moins dans le bon et l'utile*, I, 7; *Du possible et de l'impossible*, II, 19; et, à plusieurs reprises les considérations sur la *dialectique*, l'*induction*, les *enthymèmes*, etc.) leur auraient été offertes prématurément dans ce recueil; — que, dans le long catalogue des « lieux » des enthymèmes réels ou « apparents » (II, 23, 24) où les caractères propres de chacun d'eux sont successivement déterminés avec une rigueur presque mathématique, il fallait se borner à prendre, comme spécimen, quelques-uns des plus usuels; — qu'une élimination était plus nécessaire encore dans plusieurs des chapitres consacrés (livre III), à la théorie de l'Élocution, parce que des particularités de détail sur l'emploi des mots étrangers, des mots doubles, (3 et 7) des conjonctions, sur les équivoques, les genres, les nombres (4), sur les différents espèces de rythme, sur l'iambique, le trochaïque, le pæan (8), sur la « parisose » et la paromœose » (9), et, *passim*, sur la différence des expressions poétiques et du langage de la prose; et, à l'appui de ces applications théoriques, les commentaires que fait l'auteur sur les exemples qu'il cite pour signaler la composition et l'opposition des termes, de leurs racines, de leur sens étymologique ou métaphorique, — n'étaient pas susceptibles d'une appréciation générale en dehors de la langue grecque, et que, traduits en français par le jeune lecteur du texte grec, ils auraient perdu leur sens et auraient même échappé à la possibilité d'une traduction suffisamment claire. Nous n'avons pris de ces chapitres que ce qui y était d'une vérité et d'une application générales.

Des notes explicatives ont été souvent nécessaires. Elles ont naturellement et toujours pour objet de signaler une ellipse, de déterminer le sens d'un mot, de rappeler, à l'occasion, la valeur d'une tournure, de préciser l'enchaînement des idées, pour suppléer aux lacunes qui résultent des suppressions.

Elles portent beaucoup plus rarement sur l'appréciation, soit des idées, soit du style; pour la double raison que, sur le premier point il nous suffit de renvoyer à la présente Introduction; sur le second, à part quelques expressions d'un relief particulier, quelques métaphores d'une originalité piquante et d'autant plus frappantes sur le fond du style abstrait, serré, géométrique, du philosophe, il y avait seulement à attirer l'attention du lecteur sur cette savante précision qui semble laisser peu de place à ce qu'un juge assurément compétent a appelé la « douceur », ou le « charme », du style d'Aristote[1].

[1] Quintilien, *De Instit. orat.*, X, 1. Quid Aristotelem [commemorem]? Quem dubito scientiâ rerum an scriptorum copiâ, an *eloquendi suavitate*, an inventionis acumine, an varietate operum, clariorem putem.

Disons enfin que, pour l'étude plus complète que nous avons dû faire de la *Rhétorique* d'Aristote, de son esprit, de sa méthode, en vue du choix raisonné de nos Extraits, pour l'établissement du texte, et pour la fixation définitive du sens en plusieurs points particulièrement délicats, — nous avons tiré grand profit des travaux de M. E. Havet (*De la Rhétorique d'Aristote*, 1843) et de M. Charles Thurot (*Questions sur la Rhétorique d'Aristote*, 1859; *Étude sur Aristote, Politique, Dialectique, Rhétorique*, 1860); de l'édition, texte et traduction, de M. Norbert Bonafous (1856), accompagnée de notes et de références précieuses; comme aussi de celles où sont éclairés plusieurs passages du texte grec dans la plus récente des traductions (*Aristote, Poétique et Rhétorique d'après les dernières recensions du texte*), chez Garnier frères, 1883) de M. E. Ruelle.

ARISTOTE

EXTRAITS DE LA RHÉTORIQUE

LIVRE PREMIER

L'INVENTION. — DES TROIS GENRES DE CAUSES

I. Que la rhétorique est un art (τέχνη).

Ἡ ῥητορική[1] ἐστιν ἀντίστροφος τῇ διαλεκτικῇ[2]· ἀμφότεραι γὰρ περὶ τοιούτων τινῶν εἰσιν, ἃ κοινὰ τρόπον τινὰ ἁπάντων ἐστὶ γνωρίζειν, καὶ οὐδεμιᾶς ἐπιστήμης ἀφωρισμένης. Διὸ καὶ πάντες τρόπον τινὰ μετέχουσιν ἀμφοῖν· πάντες γὰρ μέχρι τινὸς καὶ ἐξετάζειν καὶ ὑπέχειν

---

1. Adjectif, s.-ent τέχνη (Cf. ἰατρική, etc., p. 3). Etymol. : εἴρειν (poétiq.), dire ; plus-que-parfait-passif εἴρημαι, d'où ῥῆμα, parole, ῥητός, dit, ῥήτωρ, orateur. — L'art de parler, appris et pratiqué, produit l'*éloquence*, donnée aussi par la *nature* aux hommes, particulièrement *bien* doués (εὐφυεῖς).

2. Les rapports et les différences de la rhétorique et de la dialectique ont été rigoureusement précisés d'après Aristote par M. Thurot (*Questions sur la rhétorique d'Aristote*, 1859 ; *Études sur Aristote*, 1860. La dialectique est une méthode qui fournit les moyens de discuter, en raisonnant, sur tout sujet, avec un interlocuteur (διαλέγεσθαι, dialoguer) ; la rhétorique est une méthode qui fournit les moyens de persuader sur tout sujet (Cf. p. 3) des auditeurs. L'une et l'autre constituent pour celui qui en sait et pratique la méthode une faculté (δύναμις) L'étude de la méthode de la rhétorique constitue un art. — Ἀντίστροφος (terme emprunté métaphoriquement à l'orchestrique), correspondant à..., pendant de...

λόγον, καὶ ἀπολογεῖσθαι καὶ κατηγορεῖν ἐγχειροῦσι. Τῶν μὲν οὖν πολλῶν, οἱ μὲν εἰκῇ[3] ταῦτα δρῶσιν, οἱ δὲ διὰ συνήθειαν ἀπὸ ἕξεως. Ἐπεὶ δ' ἀμφοτέρως ἐνδέχεται, δῆλον ὅτι εἴη ἂν αὐτὰ καὶ ὁδοποιεῖν[4]. Δι' ὃ γὰρ ἐπιτυγχάνουσιν οἵ τε διὰ συνήθειαν, καὶ οἱ ἀπὸ ταὐτομάτου, τὴν αἰτίαν θεωρεῖν ἐνδέχεται[5]· τό δὲ τοιοῦτον πάντες ἤδη ἂν ὁμολογήσαιεν τέχνης ἔργον εἶναι.

(Chap. I.)

II. Utilité de la rhétorique.

Χρήσιμος δέ ἐστιν ἡ ῥητορική, διά τε τὸ φύσει εἶναι κρείττω τἀληθῆ καὶ τὰ δίκαια τῶν ἐναντίων· ὥστε ἐὰν μὴ κατὰ τὸ προσῆκον αἱ κρίσεις[1] γίγνωνται, ἀνάγκη δ' ι αὐτῶν ἡττᾶσθαι· τοῦτο δ' ἐστὶν ἄξιον ἐπιτιμήσεως. Ἔτι δὲ τἀναντία δεῖ δύνασθαι πείθειν, καθάπερ καὶ ἐν τοῖς συλλογισμοῖς[2], οὐχ ὅπως ἀμφότερα πράττωμεν· οὐ γὰρ δεῖ τὰ φαῦλα πείθειν· ἀλλ' ἵνα μήτε λανθάνῃ πῶς ἔχει, καὶ ὅπως, ἄλλου χρωμένου τοῖς λόγοις αὐτοῖς μὴ δικαίως, λύειν ἔχωμεν[3]. Πρὸς δὲ τούτοις, ἄτοπον, εἰ τῷ σώματι μὲν αἰσχρὸν μὴ δύνασθαι βοηθεῖν ἑαυτῷ, λόγῳ δ' οὐκ αἰσχρόν· ὃ μᾶλλον ἴδιόν ἐστιν ἀνθρώπου

---

3. Εἰκῇ, au hasard; entendez, d'instinct, spontanément (cf. la note 1); *temerè ac nullâ ratione* (sans méthode scientifique), dit de même Cicéron (*De Oratore*, II, 8).

4. Ὁδοποιεῖν, *viam facere*, faire la *méthode* de (ὁδός, *via*), soumettre aux règles d'une méthode.

5. (Impersonnel), « Il est possible. » Ce mot reviendra souvent.

II-1. Κρίσις, jugement, peut s'appliquer au vote par lequel le citoyen, membre d'une *assemblée* où il a *écouté* un orateur politique (d'où les noms de ἐκκλεσιαστής, ἀκροατής), aussi bien qu'au verdict que prononce le membre d'un tribunal. Cf. livre II, chap. I : Τὰς συμβουλὰς κρίνουσι, καὶ ἡ δικὴ κρίσις ἐστί.

2. Dans les raisonnements du dialecticien.

3. *Possimus solvere*, délier le nœud de ses arguments captieux, donc le réfuter.

τῆς τοῦ σώματος χρείας. Εἰ δὲ, ὅτι[4] μεγάλα βλάψειεν ἂν ὁ χρώμενος ἀδίκως τῇ τοιαύτῃ δυνάμει τῶν λόγων, τοῦτό τε κοινόν ἐστι κατὰ πάντων τῶν ἀγαθῶν, πλὴν ἀρετῆς, καὶ μάλιστα κατὰ τῶν χρησιμωτάτων, οἷον ἰσχύος, ὑγιείας, πλούτου, στρατηγίας· τοιούτοις γὰρ ἄν τις ὠφελήσειε τὰ μέγιστα, χρώμενος δικαίως, καὶ βλάψειεν, ἀδίκως.

(Chap. I.)

III. Définition de la rhétorique.

Ἔστω δ' ἡ ῥητορικὴ δύναμις περὶ ἕκαστον τοῦ θεωρῆσαι τὸ ἐνδεχόμενον πιθανόν[1]. Τοῦτο γὰρ οὐδεμιᾶς ἑτέρας ἐστὶ τέχνης ἔργον· τῶν γὰρ ἄλλων ἑκάστη, περὶ τὸ αὐτῇ ὑποκείμενόν ἐστι διδασκαλικὴ καὶ πιστική· οἷον ἰατρικὴ περὶ ὑγιεινὸν καὶ νοσερόν· καὶ γεωμετρία περὶ τὰ συμβεβηκότα πάθη τοῖς μεγέθεσι[2]· καὶ ἀριθμητικὴ περὶ ἀριθμόν· ὁμοίως δὲ καὶ αἱ λοιπαὶ τῶν τεχνῶν καὶ ἐπιστημῶν. Ἡ δὲ ῥητορικὴ περὶ τοῦ δοθέντος, ὡς εἰπεῖν, δοκεῖ δύνασθαι θεωρεῖν τὸ πιθανόν· διὸ καὶ φαμὲν αὐτὴν οὐ περί τι γένος ἴδιον ἀφωρισμένον ἔχειν τὸ τεχνικόν.

(Chap. II.)

IV. Division des preuves employées par la rhétorique.

Τῶν δὲ πίστεων, αἱ μὲν ἄτεχνοί εἰσιν, αἱ δὲ ἔντεχνοι[1].

---

4. Ellipse du verbe que suggère la suite du raisonnement. Mais si [on disait, on objectait] que...

III-1. Sur cette définition, voir l'Introduction II, et la note 2, page 1.

2. Πάθος, en terme de philosophie, les « accidents », ce qui arrive à (πάσχειν, être dans tel ou tel état, physique ou moral). Ici les « modifications que comportent les grandeurs. »

IV-1. *Inartificialia, artificialia* (Quintilien).

Ἄτεχνα δὲ λέγω, ὅσα μὴ δι' ἡμῶν πεπόρισται, ἀλλὰ προϋπῆρχεν οἷον μάρτυρες, βάσανοι, συγγραφαί, καὶ ὅσα τοιαῦτα [2]· ἔντεχνα δέ, ὅσα διὰ τῆς μεθόδου καὶ δι' ἡμῶν [3] κατασκευασθῆναι δυνατόν· ὥστε δεῖ τούτων τοῖς μὲν χρήσασθαι, τὰ δὲ εὑρεῖν.

Τῶν δὲ διὰ τοῦ λόγου ποριζομένων πίστεων τρία εἴδη ἐστίν· αἱ μὲν γάρ εἰσιν ἐν τῷ ἤθει τοῦ λέγοντος, αἱ δὲ ἐν τῷ τὸν ἀκροατὴν διαθεῖναί πως, αἱ δὲ ἐν αὐτῷ τῷ λόγῳ, διὰ τοῦ δεικνύναι ἢ φαίνεσθαι δεικνύναι. Διὰ μὲν οὖν τοῦ ἤθους, ὅταν οὕτω λεχθῇ ὁ λόγος, ὥστε ἀξιόπιστον ποιῆσαι τὸν λέγοντα. Τοῖς γὰρ ἐπιεικέσι [4] πιστεύομεν μᾶλλον καὶ θᾶττον, περὶ πάντων μὲν ἁπλῶς· ἐν οἷς δὲ τὸ ἀκριβὲς μή ἐστιν, ἀλλὰ τὸ ἀμφιδοξεῖν, καὶ παντελῶς [5]. Δεῖ δὲ καὶ τοῦτο συμβαίνειν διὰ τὸν λόγον, ἀλλὰ μὴ διὰ τὸ προδεδοξάσθαι ποιόν τινα εἶναι τὸν λέγοντα. Οὐ γάρ, ὥσπερ ἔνιοι τῶν τεχνολογούντων τιθέασιν ἐν τῇ τέχνῃ [καὶ] τὴν ἐπιείκειαν τοῦ λέγοντος, ὡς οὐδὲν συμβαλλομένην πρὸς τὸ πιθανόν· ἀλλὰ σχεδόν, ὡς εἰπεῖν, κυριωτάτην ἔχει πίστιν τὸ ἦθος. Διὰ δὲ τῶν ἀκροατῶν, ὅταν εἰς πάθος ὑπὸ τοῦ λόγου προαχθῶσιν· οὐ γὰρ ὁμοίως ἀποδίδομεν τὰς κρίσεις λυπούμενοι καὶ χαίροντες, ἢ φιλοῦντες καὶ μισοῦντες. Περὶ μὲν οὖν τούτων δηλωθήσεται καθέκαστον, ὅταν περὶ τῶν παθῶν λέγωμεν. Διὰ δὲ τῶν λόγων πιστεύουσιν, ὅταν ἀληθὲς ἢ φαινόμενον δείξωμεν ἐκ τῶν περὶ ἕκαστα πιθανῶν [6].

(Chap. II.)

---

2. Cf. *infrà*, *Des preuves indépendantes de l'art* (VIII, Du genre judiciaire).

3. *Insita* (Cicéron).

4. Les honnêtes gens. Ἐπιεικής (ἐπί, ἔοικα; ἔοικε, *convenit*, *justum est*), a les deux sens de *probabilis* : 1° approuvable, honnête : *probabilis* et *probatus*, *probatissimus vir*; 2° probable, vraisemblable.

5. D'une manière absolue.

6. L'Invention, qui est la première partie de la rhétorique (les trois autres sont la Disposition, l'Élocution, l'Action)

V. Des trois genres de rhétorique[1] et de leur objet.

Ἔστι δέ τῆς ῥητορικῆς εἴδη τρία τὸν ἀριθμόν· τοσοῦτοι γὰρ καὶ οἱ ἀκροαταὶ τῶν λόγων ὑπάρχουσιν ὄντες· σύγκειται μὲν γὰρ ἐκ τριῶν ὁ λόγος, ἔκ τε τοῦ λέγοντος, καὶ περὶ οὗ λέγει, καὶ πρὸς ὅν· καί τὸ τέλος πρὸς τοῦτόν ἐστιν· λέγω δὲ τὸν ἀκροατήν[2]. Ἀνάγκη δὲ τὸν ἀκροατὴν ἢ θεωρὸν εἶναι, ἢ κριτήν· κριτὴν δὲ, ἢ τῶν γεγενημένων, ἢ τῶν μελλόντων. Ἔστι δ' ὁ μὲν περὶ τῶν μελλόντων κρίνων, οἷον ἐκκλησιαστής[3]· ὁ δὲ

---

consiste à trouver les moyens d'éclairer (*docere*, dit Cicéron), par les arguments; de plaire (*delectare*) par les mœurs « oratoires », selon la locution consacrée, c'est-à-dire par les qualités morales (ἦθος) dont l'orateur doit faire preuve pour inspirer la confiance à l'auditeur; d'émouvoir (*movere*) par les passions (πάθη) qu'il peut avoir, dans l'intérêt de sa cause, à exciter. — Aristote esquisse ce programme dans la suite du livre Ier, et l'achèvera dans la seconde partie du livre II; il traitera les deux autres points dans la première partie du livre II. Le livre III sera consacré à la Disposition et à l'Élocution.

V-1. Genres de « rhétorique », dit Aristote; de « causes » serait peut-être plus juste. La division établie par lui, quoique suivie après et d'après lui, a soulevé des objections : les caractères oratoires d'un genre de causes peuvent se rencontrer dans un autre. « On délibère sur le choix d'un général; l'éloge de Pompée détermine les suffrages en sa faveur (Cicéron, *Pro lege Maniliâ*) : voilà le *démonstratif* uni au *délibératif*. On prouve qu'il faut admettre Archias au nombre des citoyens romains; pourquoi? parce qu'il a un génie qui fera honneur à Rome (Id., *Pro Archiâ*) : voilà le *démonstratif* uni au *judiciaire*. Cicéron défend Milon et exhorte ses juges à le conserver dans Rome et à Rome, parce qu'il est innocent, brave, et sera utile à la patrie : voilà le *délibératif* et le *démonstratif* unis au *judiciaire*. On donne au discours le nom du genre qui y domine. » (J.-V. Le Clerc, *Nouvelle rhétorique*, d'après l'abbé Batteux). On verra dans le second paragraphe de ce passage qu'Aristote a précisément constaté le premier cette union.

2. « ... Car le but final est celui-ci : je veux dire l'auditeur. »

3. Voyez page 2, note II-1.

περὶ τῶν γεγενημένων, οἷον ὁ δικαστής· ὁ δὲ περὶ τῆς δυνάμεως, οἷον ὁ θεωρός. Ὥστ' ἐξ ἀνάγκης ἂν εἴη τρία γένη τῶν λόγων τῶν ῥητορικῶν, συμβουλευτικὸν, δικανικὸν, ἐπιδεικτικόν. Συμβουλῆς δὲ τὸ μὲν προτροπὴ, τὸ δὲ ἀποτροπή· ἀεὶ γὰρ καὶ οἱ ἰδίᾳ συμβουλεύοντες, καὶ οἱ κοινῇ δημηγοροῦντες, τούτων θάτερον ποιοῦσι. Δίκης δὲ τὸ μὲν κατηγορία, τὸ δέ, ἀπολογία· τούτων γὰρ ὁποτερονοῦν ποιεῖν ἀνάγκη τοὺς ἀμφισβητοῦντας. Ἐπιδεικτικοῦ δὲ τὸ μὲν ἔπαινος, τὸ δὲ ψόγος. Χρόνοι δὲ ἑκάστου τούτων εἰσὶ, τῷ μὲν συμβουλεύοντι, ὁ μέλλων· περὶ γὰρ τῶν ἐσομένων συμβουλεύει, ἢ προτρέπων, ἢ ἀποτρέπων· τῷ δὲ δικαζομένῳ ὁ γενόμενος· περὶ γὰρ τῶν πεπραγμένων ἀεὶ ὁ μὲν κατηγορεῖ, ὁ δὲ ἀπολογεῖται· τῷ δ' ἐπιδεικτικῷ κυριώτατος μὲν ὁ παρών· κατὰ γὰρ τὰ ὑπάρχοντα ἐπαινοῦσιν ἢ ψέγουσι πάντες· προσχρῶνται δὲ πολλάκις καὶ τὰ γενόμενα ἀναμιμνήσκοντες, καὶ τὰ μέλλοντα προεικάζοντες.

Τέλος δὲ ἑκάστοις τούτων ἕτερόν ἐστι· καὶ τρισὶν οὖσι, τρία. τῷ μὲν συμβουλεύοντι, τὸ συμφέρον καὶ βλαβερόν· ὁ μὲν γὰρ προτρέπων, ὡς βέλτιον συμβουλεύει· ὁ δὲ ἀποτρέπων, ὡς χεῖρον ἀποτρέπει· τὰ δὲ ἄλλα πρὸς τοῦτο συμπαραλαμβάνει, ἢ δίκαιον ἢ ἄδικον, ἢ καλὸν ἢ αἰσχρόν. Τοῖς δὲ δικαζομένοις τὸ δίκαιον καὶ τὸ ἄδικον· τὰ δ' ἄλλα καὶ οὗτοι συμπαραλαμβάνουσι πρὸς ταῦτα. Τοῖς δὲ ἐπαινοῦσι καὶ ψέγουσι, τὸ καλὸν καὶ τὸ αἰσχρόν· τὰ δ' ἄλλα καὶ οὗτοι πρὸς ταῦτα ἐπαναφέρουσι. Σημεῖον δὲ, ὅτι τὸ εἰρημένον ἑκάστοις τέλος· περὶ μὲν γὰρ τῶν ἄλλων ἐνίοτε οὐκ ἂν ἀμφισβητήσαιεν· οἷον ὁ δικαζόμενος, ὡς οὐ γέγονεν, ἢ ὡς οὐκ ἔβλαψεν· ὅτι δ' ἀδικεῖ, οὐδέποτε ἂν ὁμολογήσειεν· οὐδὲ γὰρ ἂν ἔδει δίκης· ὁμοίως δὲ καὶ οἱ συμβουλεύοντες, τὰ μὲν ἄλλα πολλάκις προΐενται· ὡς δὲ ἀσύμφορα συμβουλεύουσιν, ἢ ἀπ' ὠφελίμων ἀποτρέπουσιν, οὐκ ἂν ὁμολογήσαιεν· ὡς δ' οὐκ ἄδικον τοὺς ἀστυγείτονας καταδουλοῦσθαι, καὶ τοὺς μηδὲν ἀδικοῦντας, πολλάκις οὐδὲν φροντίζουσιν· Ὁμοίως δὲ καὶ οἱ ἐπαινοῦντες καὶ οἱ ψέγοντες, οὐ σκοποῦσιν, εἰ συμφέροντα ἔπραξεν ἢ βλαβερά: ἀλλὰ καὶ ἐν ἐπαίνῳ πολλάκις ὅτι τιθέασιν ὀλιγωρήσας τοῦ αὐτῷ λυσιτελοῦντος, ἔπραξέ τι καλόν.

(CHAP. III.)

VI. Du genre délibératif (συμβουλευτικὸν εἶδος) et de ses objets.

Πρῶτον μὲν οὖν ληπτέον[1], περὶ ποῖα ἀγαθὰ ἢ κακὰ ὁ συμβουλεύων συμβουλεύει· ἐπειδὴ οὐ περὶ ἅπαντα, ἀλλ' ὅσα ἐνδέχεται καὶ γενέσθαι καὶ μή. Ὅσα δὲ ἐξ ἀνάγκης ἢ ἔστιν ἢ ἔσται, ἢ ἀδύνατον εἶναι ἢ γενέσθαι, περὶ τούτων οὐκ ἔστι συμβουλή. Περὶ ὧν βουλεύονται πάντες, καὶ περὶ ἃ ἀγορεύουσιν οἱ συμβουλεύοντες, τὰ μέγιστα τυγχάνει πέντε τὸν ἀριθμὸν ὄντα· ταῦτα δ' ἐστὶ περί τε πόρων, καὶ πολέμου καὶ εἰρήνης· ἔτι δὲ περὶ φυλακῆς τῆς χώρας, καὶ τῶν εἰσαγομένων καὶ ἐξαγομένων[2]· καὶ περὶ νομοθεσίας.

1. *Les revenus, la paix et la guerre, la défense du pays l'importation et l'exportation*[1].

Ὥστε περὶ μὲν πόρων τὸν μέλλοντα συμβουλεύσειν,

VI-1. « Il faut examiner ». Λάβωμεν, examinons, dit quelquefois Aristote. Λαμβάνω, proprement *prendre*, puis concevoir (*concipere*), s'appliquer à comprendre (*comprehendere*).

2. L'importation et l'exportation, *merces invectæ et devectæ*.

1-1. C'est le sujet de l'entretien

δέοι ἂν τὰς προσόδους τῆς πόλεως εἰδέναι, τίνες, κα, πόσαι· ὅπως, εἴ τέ τις παραλείπεται, προστεθῇ· καὶ εἴ τις ἐλάττων, αὐξηθῇ. Ἔτι δὲ τὰς δαπάνας τῆς πόλεως ἁπάσας· ὅπως, εἴ τις περίεργος, ἀφαιρεθῇ· καὶ εἴ τις μείζων, ἐλάττων γένηται. Οὐ γὰρ μόνον πρὸς τὰ ὑπάρχοντα προστιθέντες πλουσιώτεροι γίγνονται, ἀλλὰ καὶ ἀφαιροῦντες τῶν δαπανημάτων. Ταῦτα δ' οὐ μόνον ἐκ τῆς περὶ τὰ ἴδια ἐμπειρίας ἐνδέχεται[2] συνορᾷν, ἀλλ' ἀναγκαῖον, καὶ τῶν παρὰ τοῖς ἄλλοις εὑρημένων ἱστορικὸν εἶναι, πρὸς τὴν περὶ τούτων συμβουλήν.

Περὶ δὲ πολέμου καὶ εἰρήνης, τὴν δύναμιν εἰδέναι τῆς πόλεως, ὁπόση τε ὑπάρχει ἤδη, καὶ πόσην ἐνδέχεται ὑπάρξαι· καὶ ποῖά τις ἥ τε ὑπάρχουσά ἐστι, καὶ ἥ τις ἐνδέχεται προσγενέσθαι. Ἔτι δὲ, πολέμους τίνας, καὶ πῶς πεπολέμηκεν. Οὐ μόνον δὲ τῆς οἰκείας πόλεως, ἀλλὰ καὶ τῶν ὁμόρων ταῦτα ἀναγκαῖον εἰδέναι· ἢ καὶ πρὸς οὓς ἐπίδοξον πολεμεῖν· ὅπως, πρὸς μὲν τοὺς κρείττους, εἰρηνεύηται· πρὸς δὲ τοὺς ἥττους, ἐφ' αὐτοῖς ᾖ τὸ πολεμεῖν. Καὶ τὰς δυνάμεις, πότερον ὅμοιαι ἢ ἀνόμοιαι· ἔστι γὰρ καὶ ταύτῃ πλεονεκτεῖν ἢ ἐλαττοῦσθαι. Ἀναγκαῖον δὲ καὶ πρὸς ταῦτα, μή μόνον τοὺς οἰκείους πολέμους τεθεωρηκέναι, ἀλλὰ καὶ τοὺς τῶν ἄλλων, πῶς ἀποβαίνουσιν· ἀπὸ γὰρ τῶν ὁμοίων τὰ ὅμοια γίγνεσθαι πέφυκεν.

Ἔτι δὲ, περὶ φυλακῆς τῆς χώρας μὴ λανθάνειν, πῶς φυλάττεται· ἀλλὰ καὶ τὸ πλῆθος εἰδέναι τῆς

---

de Socrate avec Glaucon, jeune Athénien qui voulait, sans aucune connaissance de ces questions, se mêler des affaires de l'État. Voyez XÉNOPHON, *Mémorables* ou *Souvenirs sur Socrate*, III, 6. Cf. ROLLIN, *Histoire ancienne*, livre IX, chap. 4 ; et, dans les *Contes* d'ANDRIEUX, *Socrate et Glaucon*.

2. Voyez page 2, note 5.

φυλακῆς, καὶ τὸ εἶδος, καὶ τοὺς τόπους τῶν φυλακτηρίων. Τοῦτο δ' ἀδύνατον, μὴ ἔμπειρον ὄντα τῆς χώρας· ἵν', εἴ τ' ἐλάττων ἡ φυλακή, προστεθῇ· καὶ εἴ τις περίεργος, ἀφαιρεθῇ· καὶ τοὺς ἐπιτηδείους τόπους τηρῶσι μᾶλλον. Ἔτι δὲ, περὶ τροφῆς, πόση δαπάνη ἱκανὴ τῇ πόλει, καὶ ποία ἡ αὐτοῦ τε γιγνομένη καὶ εἰσαγώγιμος· καὶ τίνων τ' ἐξαγωγῆς δέονται, καὶ τίνων εἰσαγωγῆς· ἵνα πρὸς τούτους καὶ συνθῆκαι καὶ συμβολαὶ γίγνωνται. Πρὸς δύο γὰρ διαφυλάττειν ἀναγκαῖον ἀνεγκλήτους τοὺς πολίτας, πρός τε τοὺς κρείττους[3], καὶ πρὸς τοὺς εἰς ταῦτα χρησίμους[4].

2. *La législation.*

Εἰς δ' ἀσφάλειαν, ἅπαντα μὲν ταῦτα ἀναγκαῖον δύνασθαι θεωρεῖν· οὐκ ἐλάχιστον δὲ περὶ νομοθεσίας ἐπαΐειν· ἐν γὰρ τοῖς νόμοις ἐστὶν ἡ σωτηρία τῆς πόλεως. Ὥστ' ἀναγκαῖον εἰδέναι, πόσα τέ ἐστι πολιτειῶν εἴδη, καὶ ποῖα συμφέρει ἑκάστῃ, καὶ ὑπὸ τίνων φθείρεσθαι πέφυκε, καὶ οἰκείων τῆς πολιτείας καὶ ἐναντίων. Λέγω δὲ τὸ ὑπὸ οἰκείων φθείρεσθαι, ὅτι ἔξω τῆς βελτίστης πολιτείας[1] αἱ ἄλλαι πᾶσαι καὶ ἀνιέμεναι καὶ ἐπιτεινόμεναι[2] φθείρονται. Οἷον, δημοκρατία, οὐ μόνον ἀνιεμένη, ἀσθενεστέρα γίγνεται, ὥςτε τέλος ἥξει εἰς ὀλιγαρχίαν, ἀλλὰ καὶ ἐπιτεινομένη σφόδρα.

3. Ceux qui sont plus puissants.

4. Voyez avec quels détails et quelle précision Démosthène applique ces prescriptions, par exemple dans la 1re *Philippique*.

2-1. La meilleure forme de gouvernement est pour Aristote la monarchie, où un seul gouverne en obéissant aux lois du pays. C'est ce qu'il établit dans sa *Politique*.

2. « Quand le ressort en est ou trop lâche ou trop tendu. »

Χρήσιμον δὲ πρὸς τὰς νομοθεσίας, τὸ μὴ μόνον ἐπαΐειν, τίς πολιτεία συμφέρει, ἐκ τῶν παρεληλυθότων θεωροῦντι· ἀλλὰ καὶ τὰς παρὰ τοῖς ἄλλοις εἰδέναι, αἱ ποῖαι τοῖς ποίοις ἁρμόττουσιν. Ὥςτε δῆλον, ὅτι πρὸς μὲν τὴν νομοθεσίαν αἱ τῆς γῆς περίοδοι χρήσιμοι[3]· ἐντεῦθεν γὰρ λαβεῖν ἐστι τοὺς τῶν ἐθνῶν νόμους· πρὸς δὲ τὰς πολιτικὰς συμβουλὰς, τὰς τῶν περὶ τὰς πράξεις γραφόντων ἱστορίας. Ἅπαντα δὲ ταῦτα, πολιτικῆς, ἀλλ' οὐ ῥητορικῆς ἔργον ἐστί.

(Chap. IV.)

3. *Du bon et de l'utile des biens positifs.*

Ἐπεὶ δὲ πρόκειται τῷ συμβουλεύοντι σκοπὸς τὸ συμφέρον, βουλεύονται δὲ οὐ περὶ τοῦ τέλους, ἀλλὰ περὶ τῶν πρὸς τὸ τέλος, ταῦτα δ' ἐστὶ τὰ συμφέροντα κατὰ τὰς πράξεις, τὸ δὲ συμφέρον, ἀγαθὸν, ληπτέον εἴη ἂν[1] στοιχεῖα περὶ ἀγαθοῦ καὶ συμφέροντος ἁπλῶς. Ἔστω δὴ ἀγαθὸν, ὃ ἂν αὐτὸ ἑαυτοῦ ἕνεκα ᾖ αἱρετόν· καὶ οὗ ἕνεκα ἄλλο αἱρούμεθα· καὶ οὗ ἐφίεται πάντα τὰ αἴσθησιν ἔχοντα ἢ νοῦν[2]· καὶ ὅσα ὁ νοῦς ἂν ἑκάστῳ ἀποδοίη· καὶ ὅσα ὁ περὶ ἕκαστον νοῦς ἀποδίδωσιν ἑκάστῳ, τοῦτό ἐστιν ἑκάστῳ ἀγαθόν, καὶ οὗ παρόντος, εὖ διάκειται καὶ αὐτάρκως ἔχει. Ὡς δὲ κατὰ ἓν εἰπεῖν[3], ἀνάγκη ἀγαθὰ εἶναι τάδε.

Εὐδαιμονία· καὶ γὰρ καθ' αὑτὸ αἱρετὸν, καὶ αὔταρκες, καὶ ἕνεκα αὐτοῦ πολλὰ αἱρούμεθα.

Δικαιοσύνη, ἀνδρεία, σωφροσύνη, μεγαλοψυχία, μεγα-

---

3. Voyager, c'est ce que fit, comme on sait, Montesquieu avant d'écrire sur les lois.

3-1. « Il faudrait, il faut saisir » (comprendre). Voyez page 7, note 1.

2. Πάντα, entendez tous les *êtres*...

3. Dire un à un, détailler, énumérer.

λοπρέπεια, καὶ αἱ ἄλλαι αἱ τοιαῦται ἕξεις· ἀρεταὶ γὰρ ψυχῆς.

Καὶ ὑγίεια, καὶ κάλλος, καὶ τὰ τοιαῦτα· ἀρεταὶ γὰρ σώματος, καὶ ποιητικαὶ πολλῶν· οἷον ὑγίεια, καὶ[4] ἡδονῆς καὶ τοῦ ζῆν. Διὸ καὶ ἄριστον δοκεῖ εἶναι ὅτι δύο τῶν τοῖς πολλοῖς τιμιωτάτων αἴτιόν ἐστιν, ἡδονῆς καὶ τοῦ ζῆν.

Πλοῦτος· ἀρετὴ γάρ κτήσεως[5], καὶ ποιητικὸν πολλῶν.

Φίλος καὶ φιλία· καὶ γὰρ καθ' αὑτὸν αἱρετὸν ὁ φίλος[6], καὶ ποιητικὸν πολλῶν.

Τιμὴ, δόξα· καὶ γὰρ ἡδέα καὶ ποιητικὰ πολλῶν· καὶ ἀκολουθεῖ αὐτοῖς, ὡς ἐπὶ τὸ πολὺ, τὸ ὑπάρχειν ἐφ' οἷς τιμῶνται.

Δύναμις τοῦ λέγειν, τοῦ πράττειν· ποίητικὰ γὰρ πάντα τὰ τοιαῦτα ἀγαθῶν.

Ἔτι εὐφυία, μνῆμαι, εὐμάθεια, ἀγχίνοια, πάντα τὰ τοιαῦτα· ποιητικαὶ γὰρ αὗται ἀγαθῶν αἱ δυνάμεις εἰσίν· ὁμοίως δὲ καὶ αἱ ἐπιστῆμαι πᾶσαι, καὶ αἱ τέχναι.

Καὶ τὸ ζῆν· εἰ γὰρ μηδὲν ἄλλο ἕποιτο ἀγαθὸν, καθ' αὑτὸ αἱρετόν ἐστι.

Καὶ τὸ δίκαιον· συμφέρον γάρ τι κοινῇ ἐστι.

Ταῦτα μὲν οὖν σχεδὸν ὁμολογούμενα ἀγαθά ἐστιν.

(Chap. VI.)

4. *Des différentes formes de gouvernement, de la fin et des mœurs de chacune d'elles.*

Μέγιστον δὲ καὶ κυριώτατον ἁπάντων πρὸς τὸ δύ-

---

4. Sous-entendu ποιητική.

5. Mot-à-mot : agent de l'acquisition (κτάομαι) : c'est par la richesse que nous pouvons acquérir.

6. Est « chose » désirable par elle-même. Cf. Κοῦφον ἡ νεότης.

νασθαι πείθειν καὶ καλῶς συμβουλεύειν, τὰς πολιτείας ἁπάσας λαβεῖν, καὶ τὰ ἑκάστης ἔθη, καὶ νόμιμα, καὶ συμφέροντα διελεῖν. Πείθονται γὰρ ἅπαντες τῷ συμφέροντι· συμφέρει δὲ τὸ σῶζον τὴν πολιτείαν. Ἔτι δὲ κυρία μέν ἐστιν ἡ τοῦ κυρίου[1] ἀπόφανσις· τὰ δὲ κύρια διήρηται κατὰ τὰς πολιτείας· ὅσαι γὰρ αἱ πολιτεῖαι, τοσαῦτα καὶ τὰ κύριά ἐστιν.

Εἰσὶ δὲ πολιτεῖαι τέσσαρες, δημοκρατία, ὀλιγαρχία, ἀριστοκρατία, μοναρχία· ὥστε τὸ κύριον καὶ τὸ κρῖνον[2] τούτων τι ἂν εἴη μόριον, ἢ ὅλον τούτων. Ἔστι δὲ, δημοκρατία μὲν, πολιτεία, ἐν ᾗ κλήρῳ διανέμονται τὰς ἀρχάς· ὀλιγαρχία δὲ, ἐν ᾗ οἱ ἀπὸ τιμημάτων· ἀριστοκρατία δὲ, ἐν ᾗ οἱ κατὰ παιδείαν· παιδείαν δὲ λέγω, τὴν ὑπὸ τοῦ νόμου κειμένην· οἱ γὰρ ἐμμεμενηκότες ἐν τοῖς νομίμοις, ἐν τῇ ἀριστοκρατίᾳ ἄρχουσιν, ἀνάγκη δὲ τούτους φαίνεσθαι ἀρίστους· ὅθεν καὶ τοὔνομα εἴληφε τοῦτο. Μοναρχία δ' ἐστὶ, κατὰ τοὔνομα, ἐν ᾗ εἷς ἁπάντων κύριός ἐστι· τούτων δὲ, ἡ μὲν κατὰ τάξιν τινὰ, βασιλεία· ἡ δ' ἀόριστος, τυραννίς[3].

---

1. Ἡ κυρία, la souveraineté, l'autorité. Ὁ κύριος, le souverain, dans son sens absolu : dans une démocratie le peuple est « le souverain. »

2. Το κύριον καὶ τὸ κρῖνον, l'autorité qui décide. — Τούτων, de ceux-ci, c'est-à dire des citoyens constituant les états politiques qui viennent d'être énumérés.

3. On voit, par cette distinction finale, qu'Aristote ajoute aux quatre formes de gouvernement qu'il a énumérées, une cinquième, la tyrannie ou despotisme, où le souverain est maître absolu (δεσποτής, propriétaire, *dominus*) sans que sa souveraineté (κυρία) soit limitée par les lois. Dans sa *Politique* il en reconnaît six, trois bonnes (monarchie, aristocratie, démocratie), trois mauvaises (tyrannie, oligarchie, démagogie). Montesquieu reconnaît trois *espèces* de gouvernement : le républicain, qui a deux *formes* : démocratie, quand c'est le peuple, aristocratie, quand c'est une partie du peuple qui a la souveraineté, le monarchique, où un seul gouverne par des lois; le despotique, où un seul gouverne sans loi.

Τὸ δὴ τέλος ἑκάστης πολιτείας οὐ δεῖ λανθάνειν· αἱροῦνται γὰρ τὰ πρὸς τὸ τέλος. Ἔστι δὲ, δημοκρατίας μὲν τέλος ἐλευθερία· ὀλιγαρχίας δὲ, πλοῦτος· ἀριστοκρατίας δὲ, τὰ πρὸς παιδείαν καὶ τὰ νόμιμα· τυραννίδος δὲ, φυλακή. Δῆλον οὖν ὅτι τὰ πρὸς τέλος ἑκάστης ἔθη, καὶ νόμιμα, καὶ συμφέροντα διαιρετέον· εἴπερ αἱροῦνται πρὸς τοῦτο ἐπαναφέροντες. Ἐπεὶ δὲ οὐ μόνον αἱ πίστεις γίγνονται δι' ἀποδεικτικοῦ λόγου, ἀλλὰ καὶ δι' ἠθικοῦ, (τῷ γὰρ ποιόν τινα φαίνεσθαι τὸν λέγοντα, πιστεύομεν· τοῦτο δ' ἐστὶν, ἂν ἀγαθὸς φαίνηται, ἢ εὔνους, ἢ αμφω[4]), δέοι ἂν τὰ ἤθη τῶν πολιτειῶν ἑκάστης ἔχειν ἡμᾶς[5]· τὸ μὲν γὰρ ἑκάστης ἦθος, πιθανώτατον ἀνάγκη πρὸς ἑκάστην εἶναι[6].

(CHAP. VIII.)

VII. Du genre démonstratif (ἐπιδεικτικὸν εἶδος) et de son objet.

Μετὰ δὲ ταῦτα λέγωμεν περὶ ἀρετῆς καὶ κακίας, καὶ καλοῦ καὶ αἰσχροῦ· οὗτοι γὰρ σκοποὶ τῷ ἐπαινοῦντι καὶ ψέγοντι.

---

4. C'est incidemment, la mention des « mœurs oratoires », dont la théorie sera faite au chapitre Ier du livre II.

5. Nous, les orateurs.

6. Montesquieu établit quel est le *principe*, c'est-à-dire le moyen d'action, le ressort de chaque gouvernement : pour la démocratie, la vertu ; pour l'aristocratie, la vertu d'une part, la modération de l'autre; pour la monarchie, l'honneur; pour le despotisme, la crainte. Aristote établit quelle est la *fin*, ou cause finale, c'est-à-dire le but, l'objet de chaque gouvernement. Dans sa philosophie la cause finale détermine l'essence de la chose. C'est ainsi qu'il a dit, au chapitre 3, que l'auditeur est la « fin » de la parole, et qu'il a distingué la « fin » de chacun des trois genres où elle s'exerce.

1. *Le beau et l'honnête.*

Καλὸν μὲν οὖν ἐστιν, ὃ ἂν δι' αὑτὸ αἱρετὸν ὄν, ἐπαινετὸν ᾖ· ἢ ὃ ἂν ἀγαθὸν ὂν ἡδὺ ᾖ, ὅτι ἀγαθόν. Εἰ δὲ τοῦτό ἐστι τὸ καλὸν, ἀνάγκη τὴν ἀρετὴν καλὸν εἶναι· ἀγαθὸν γὰρ ὂν, ἐπαινετόν ἐστιν. Ἀρετὴ δὲ, ἔστι μὲν δύναμις, ὡς δοκεῖ, ποριστικὴ ἀγαθῶν, καὶ φυλακτική· καὶ δύναμις εὐεργετικὴ πολλῶν καὶ μεγάλων, καὶ πάντων περὶ πάντα.

2. *Les principales vertus.*

Μέρη δὲ ἀρετῆς, δικαιοσύνη, ἀνδρεία, σωφροσύνη, μεγαλοπρέπεια, μεγαλοψυχία, ἐλευθεριότης, πρᾳότης, φρόνησις, σοφία. Ἀνάγκη δὲ μεγίστας εἶναι ἀρετὰς, τὰς τοῖς ἄλλοις χρησιμωτάτας, εἴπερ ἔστιν ἡ ἀρετὴ δύναμις εὐεργετική. Διὰ τοῦτο τοὺς δικαίους καὶ ἀνδρείους μάλιστα τιμῶσιν· ἡ μὲν γὰρ, ἐν πολέμῳ· ἡ δὲ, καὶ ἐν εἰρήνῃ χρήσιμος αὐτοῖς. Εἶτα ἡ ἐλευθεριότης· προίενται γὰρ, καὶ οὐκ ἀνταγωνίζονται περὶ τῶν χρημάτων, ὧν μάλιστα ἐφίενται ἄλλοι.

Ἔστι δὲ, δικαιοσύνη μὲν, ἀρετὴ δι' ἣν τὰ αὑτῶν ἕκαστοι ἔχουσι, καὶ ὡς ὁ νόμος· ἀδικία δὲ, δι' ἣν τὰ ἀλλότρια, οὐχ ὡς ὁ νόμος.

Ἀνδρεία δὲ, δι' ἣν πρακτικοί εἰσι τῶν καλῶν ἔργων ἐν τοῖς κινδύνοις, καὶ ὡς ὁ νόμος κελεύει, καὶ ὑπηρετικοὶ τῷ νόμῳ· δειλία δὲ, τοὐναντίον.

Σωφροσύνη δὲ, ἀρετὴ δι' ἣν πρὸς τὰς ἡδονὰς τοῦ σώματος οὕτως ἔχουσιν, ὡς ὁ νόμος κελεύει· ἀκολασία δὲ τοὐναντίον.

Ἐλευθεριότης [1] δὲ, περὶ χρήματα εὐποιητική, ἀνελευθερία δὲ, τοὐναντίον.

1. Ἐλευθεριότης, *liberalitas*, | *libéralité*. Notez la similitude

Μεγαλοψυχία δὲ, ἀρετὴ μεγάλων ποιητικὴ εὐεργετημάτων· μικροψυχία δὲ, τοὐναντίον.

Μεγαλοπρέπεια δὲ, ἀρετὴ ἐν δαπανήμασι μεγέθους ποιητική· μικροψυχία δὲ καὶ μικροπρέπεια, τἀναντία.

Φρόνησις δὲ, ἔστιν ἀρετὴ διανοίας, καθ' ἣν εὖ βουλεύεσθαι δύνανται περὶ ἀγαθῶν καὶ κακῶν τῶν εἰρημένων εἰς εὐδαιμονίαν[2].

3. *Les actes désintéressés.*

Ὅσα μὴ αὑτοῦ ἕνεκα πράττει τις τῶν ἀρετῶν, καλά. Καὶ τὰ ἁπλῶς ἀγαθὰ, ὅσα ὑπὲρ τῆς πατρίδος τις ἐποίησε, παριδὼν τὸ αὑτοῦ. Καὶ τὰ τῇ φύσει ἀγαθά. Καὶ ἃ μὴ αὑτῷ ἀγαθά· αὑτοῦ γὰρ ἕνεκα τὰ τοιαῦτα[1]. Καὶ ὅσα τεθνεῶτι ἐνδέχεται ὑπάρχειν μᾶλλον, ἢ ζῶντι. τὸ γὰρ αὑτοῦ ἕνεκα μᾶλλον ἔχει τὰ ζῶντι[2]. Καὶ ὅσα ἔργα τῶν ἄλλων ἕνεκα· ἧττον γὰρ αὑτοῦ. Καὶ ὅσαι εὐπραγίαι περὶ ἄλλους, ἀλλὰ μὴ περὶ αὑτόν. Καὶ περὶ

étymologique des trois mots. Il semble que cette vertu, appelée aussi *générosité* (*genus*, race; *generosus*, bien né), soit le propre de l'homme dont la condition libre et la naissance élèvent les sentiments. C'est ainsi que son contraire, *vilenie*, semblait au noble de la société féodale le propre du vilain. — Notez, à ce propos, le sens figuré des mots *noblesse* et *servilité* [de sentiments]; reste et témoignage du préjugé des sociétés antiques fondées sur l'esclavage, qui ravalait une moitié de l'humanité au profit de l'autre et déniait à l'une les qualités morales dont il faisait le privilège et l'honneur de l'autre. Le dictionnaire d'une langue est l'histoire des idées, des sentiments et des préjugés du peuple qui la parle.

2. Les vertus « cardinales » sont, pour Socrate : courage (force morale), tempérance (équilibre des facultés), justice, piété; pour Cicéron (*De Officiis*, I) : prudence, justice, courage, tempérance.

3-1. (Ellipse du verbe). Car autrement [il ferait] de telles choses pour lui-même.

2. Celles qui peuvent profiter à un mort plutôt qu'à un vivant; car ce que l'on fait dans son propre intérêt s'adresse plutôt à une personne vivante.

τοὺς εὖ ποιήσαντας· δίκαιον γάρ. Καὶ τὰ εὐεργετήματα· οὐ γὰρ εἰς αὐτόν.

4. *De la louange* (ἔπαινος) *et de l'éloge* (ἐγκώμιον).

Ἔστι δ' ἔπαινος, λόγος ἐμφανίζων μέγεθος ἀρετῆς. Δεῖ οὖν τὰς πράξεις ἐπιδεικνύναι, ὡς τοιαῦται[1]· τὸ δ' ἐγκώμιον, τῶν ἔργων ἐστί. Τὰ δ' ἔργα, σημεῖα τῆς ἕξεώς εἰσιν· ἐπεὶ ἐπαίνοιμεν ἂν καὶ μὴ πεπραγότα, εἰ πιστεύοιμεν εἶναι τοιοῦτον.

(Chap. IX.)

VIII. Du genre judiciaire (δικανικὸν εἶδος) et de son objet.

Plan et définitions.

Δεῖ δὴ λαβεῖν[1] τρία· ἓν μὲν, τίνων, καὶ πόσων ἕνεκα ἀδικοῦσι· δεύτερον δὲ, πῶς αὐτοὶ διακείμενοι· τρίτον δὲ, τοὺς ποίους καὶ πῶς ἔχοντας. Διορισάμενοι οὖν τὸ ἀδικεῖν, λέγωμεν ἑξῆς.

Ἔστω δὴ τὸ ἀδικεῖν, τὸ βλάπτειν ἑκόντα, παρὰ τὸν νόμον. Ἑκόντες δὲ ποιοῦσιν, ὅσα εἰδότες, καὶ μὴ ἀναγκαζόμενοι. Ὅσα μὲν οὖν ἑκόντες, οὐ πάντα προαιρούμενοι· ὅσα δὲ προαιρούμενοι, εἰδότες ἅπαντα· οὐδεὶς γὰρ ὃ προαιρεῖται ἀγνοεῖ. Δι' ἃ δὲ προαιροῦνται βλάπτειν, καὶ φαῦλα ποιεῖν παρὰ τὸν νόμον, κακία ἐστὶ καὶ ἀκρασία· ἐὰν γάρ τινες ἔχωσι μοχθηρίαν, ἢ μίαν, ἢ πλείους, περὶ τοῦτο ὃ μοχθηροὶ τυγχάνουσιν ὄντες,

---

4-1. Ellipse de εἰσί. (On reconnaît le tour grammatical consacré par l'exemple : Οἶδά σε, τίς εἶ). Autrement : Δεῖ ἐπιδεικνύναι ὡς αἱ πράξεις εἰσὶ τοιαῦται.

VIII-1. Sur le sens de ce verbe, voyez page 7, note VI-1.

καὶ ἄδικοί εἰσιν· οἷον, ὁ μὲν ἀνελεύθερος, περὶ χρήματα· ὁ δὲ ἀκόλαστος, περὶ τὰς τοῦ σώματος ἡδονάς· ὁ δὲ μαλακὸς, περὶ τὰ ῥᾴθυμα· ὁ δὲ δειλὸς, περὶ τοὺς κινδύνους· τοὺς γὰρ συγκινδυνεύοντας ἐγκαταλιμπάνουσι, διὰ τὸν φόβον· ὁ δὲ φιλότιμος, διὰ τιμήν· ὁ δ' ὀξύθυμος, δι' ὀργήν· ὁ δὲ φιλόνικος, διὰ νίκην· ὁ δὲ πικρὸς, διὰ τιμωρίαν· ὁ δ' ἄφρων, διὰ τὸ ἀπατᾶσθαι περὶ τὸ δίκαιον καὶ ἄδικον· ὁ δ' ἀναίσχυντος, δι' ὀλιγωρίαν δόξης. Ὁμοίως δὲ καὶ τῶν ἄλλων ἕκαστος, περὶ ἕκαστον τῶν ὑποκειμένων.

(Chap. X.)

1. *Motifs qui portent à l'injustice.*

[Τίνων καὶ πόσων ἕνεκα ἀδικοῦσι]

Πρῶτον μὲν οὖν διελώμεθα, τίνων ὀρεγόμενοι, καὶ ποῖα φεύγοντες, ἐγχειροῦμεν ἀδικεῖν. Δῆλον γὰρ, ὡς τῷ μὲν κατηγοροῦντι, πόσα καὶ ποῖα τούτων ὑπάρχει τῷ ἀντιδίκῳ, σκεπτέον, ὧν ἐφιέμενοι πάντες, τοὺς πλησίον ἀδικοῦσι· τῷ δ' ἀπολογουμένῳ, ποῖα καὶ πόσα τούτων οὐχ ὑπάρχει.

Πάντες δὴ πράττουσι πάντα, τὰ μὲν, οὐ δι' αὑτούς· τὰ δὲ, δι' αὑτούς. Τῶν μὲν οὖν μὴ δι' αὑτοὺς, τὰ μὲν, διὰ τύχην πράττουσι· τὰ δὲ, ἐξ ἀνάγκης. Τῶν δ' ἐξ ἀνάγκης, τὰ μὲν, βίᾳ· τὰ δὲ, φύσει. Ὥστε πάντα ὅσα μὴ δι' αὑτοὺς πράττουσι, τὰ μὲν, ἀπὸ τύχης· τὰ δὲ, φύσει· τὰ δὲ, βίᾳ. Ὅσα δὲ δι' αὑτοὺς, καὶ ὧν αὐτοὶ αἴτιοι, τὰ μὲν δι' ἔθος· τὰ δὲ, δι' ὄρεξιν[1]· καὶ τὰ μὲν, διὰ λογιστικὴν ὄρεξιν· τὰ δὲ, δι' ἀλόγιστον. Ἔστι δὲ ἡ

1-1. Ὀρέγειν, tendre, allonger. Ὀρέγεσθαι (voie moyenne), au fig., tendre vers, désirer. Ὄρεξις, appétit de; — ἀγαθοῦ, appétit du bien.

μὲν βούλησις, μετὰ λόγου ὄρεξις ἀγαθοῦ· οὐδεὶς γὰρ βούλεται, ἀλλ' ἢ ὅ, τ' ἂν οἰηθείη εἶναι ἀγαθόν· ἄλογοι δ' ὀρέξεις, ὀργὴ καὶ ἐπιθυμία. Ὥστε πάντα ὅσα πράττουσιν, ἀνάγκη πράττειν δι' αἰτίας ἑπτὰ, διὰ τύχην, διὰ βίαν, διὰ φύσιν, δι' ἔθος, διὰ λογισμὸν, διὰ θυμὸν, δι' ἐπιθυμίαν.

Ἔστι δ' ἀπὸ τύχης μὲν τὰ τοιαῦτα γιγνόμενα, ὅσων ἥ τε αἰτία ἀόριστος, καὶ μὴ ἕνεκά του γίγνεται· καὶ μήτε αἰεὶ, μήτε ὡς ἐπὶ τὸ πολὺ, μήτε τεταγμένως. Δῆλον δ' ἐκ τοῦ ὁρισμοῦ τῆς τύχης περὶ τούτων.

Φύσει δὲ, ὅσων ἥ τε αἰτία ἐν αὐτοῖς, καὶ τεταγμένη· ἢ γὰρ αἰεὶ, ἢ ὡς ἐπὶ τὸ πολὺ ὡσαύτως ἀποβαίνει· τὰ γὰρ παρὰ φύσιν, οὐδὲν δεῖ ἀκριβολογεῖσθαι, πότερα κατὰ φύσιν τινὰ, ἢ ἄλλην αἰτίαν γίγνεται. Δόξειε δ' ἂν καὶ ἡ τύχη αἰτία εἶναι τῶν τοιούτων.

Βίᾳ δὲ, ὅσα παρ' ἐπιθυμίαν ἢ τοὺς λογισμοὺς γίγνεται δι' αὐτῶν τῶν πραττόντων.

Ἔθει δὲ, ὅσα διὰ τὸ πολλάκις πεποιηκέναι ποιοῦσι.

Διὰ λογισμὸν δὲ, τὰ δοκοῦντα συμφέρειν ἐκ τῶν εἰρημένων ἀγαθῶν, ἢ ὡς τέλος, ἢ ὡς πρὸς τὸ τέλος[2], ὅταν διὰ τὸ συμφέρον πράττηται· ἔνια γὰρ καὶ οἱ ἀκόλαστοι συμφέροντα πράττουσιν, ἀλλ' οὐ διὰ τὸ συμφέρον, ἀλλὰ δι' ἡδονήν.

Διὰ θυμὸν δὲ καὶ ὀργὴν τὰ τιμωρητικά. Διαφέρει δὲ τιμωρία καὶ κόλασις· ἡ μὲν γὰρ κόλασις, τοῦ πάσχοντος ἕνεκά ἐστιν· ἡ δὲ τιμωρία, τοῦ ποιοῦντος, ἵνα ἀποπληρωθῇ.

Δι' ἐπιθυμίαν δὲ πράττεται, ὅσα φαίνεται ἡδέα[3].

(Chap. X.)

---

2. Comme fin, ou comme acheminement à cette fin, — ou, comme l'on dit communément, « fins et moyens ».

3. Suit (chap. XI) une longue analyse philosophique de l'« agréable ».

2. *Dispositions et circonstances qui font commettre l'injustice.*

[Πῶς αὐτοὶ διακείμενοι ἀδικοῦσι]

Πῶς ἔχοντες ἀδικοῦσι λέγωμεν νῦν. Αὐτοὶ μὲν οὖν ὅταν οἴωνται δυνατὸν εἶναι τὸ πρᾶγμα πραχθῆναι, καὶ ἑαυτοῖς δυνατόν. Εἴ τε ἂν λαθεῖν πράξαντες, ἢ, μὴ λαθόντες, μὴ δοῦναι δίκην· ἢ δοῦναι μὲν, ἀλλ' ἐλάττω τὴν ζημίαν εἶναι τοῦ κέρδους αὑτοῖς, ἢ ὧν κήδονται[1]. Αὐτοὶ δ' οἴονται δυνατοὶ εἶναι μάλιστα ἀζήμιοι ἀδικεῖν, οἱ εἰπεῖν δυνάμενοι, καὶ οἱ πρακτικοὶ, καὶ οἱ ἔμπειροι πολλῶν ἀγώνων[2]. Καὶ ἐὰν πολύφιλοι ὦσι. Καὶ ἐὰν πλούσιοι. Καὶ μάλιστα μὲν, ἂν αὐτοὶ ὦσιν ἐν τοῖς εἰρημένοις[3], οἴονται δύνασθαι· εἰ δὲ μὴ, κἂν ὑπάρχωσι τοιοῦτοι αὐτοῖς φίλοι, ἢ ὑπηρέται, ἢ κοινωνοί· διὰ γὰρ ταῦτα δύνανται καὶ πράττειν, καὶ λανθάνειν, καὶ μὴ δοῦναι δίκην. Καὶ ἐὰν φίλοι ὦσι τοῖς ἀδικουμένοις, ἢ τοῖς κριταῖς· οἱ μὲν γὰρ φίλοι, ἀφύλακτοί τε πρὸς τὸ ἀδικεῖσθαι, καὶ προσκαταλλάττονται, πρὶν ἐπεξελθεῖν[4]· οἱ δὲ κριταὶ χαρίζονται, οἷς ἂν φίλοι ὦσι· καὶ ἢ ὅλως ἀφιᾶσιν, ἢ μικροῖς ζημιοῦσι.... Καὶ οἷς ὑπάρχει κρύψις[5], ἢ τρόπος, ἢ τόπος, ἢ διάθεσις εὔπορος. Καὶ

2-1. « Ou pour ceux (ὧν) auxquels il s'intéresse. »

2. On sait quel rôle jouait chez les Grecs la parole, et dans la vie publique où « tout dépendait du peuple, et le peuple dépendait de la parole. » (FÉNELON, *Lettre à l'Académie*, IV), et dans la vie privée, où tout citoyen devait se défendre ou accuser lui-même devant les tribunaux.

3. « Dans les conditions qui viennent d'être dites. »

4. Προς-καταλλάττεσθαι, se réconcilier avec. Προ-καταλλ. se réconcilier avant d'engager un procès. Les deux leçons sont admissibles. — Ἐπεξέρχεσθαι. Ἐξερχ. sortir [du camp], ἐπί, sur (contre) l'ennemi. D'où, métaphoriquement, comme ici, attaquer en justice.

5. Suppléez : d'un objet volé.

ὅσοις μὴ λαθοῦσιν ἔστι δίωσις δίκης, ἢ ἀναβολὴ χρόνιος, ἢ διαφθοραὶ κριτῶν. Καὶ οἷς, ἐὰν γένηται ζημία, ἔστι δίωσις τῆς ἐκτίσεως, ἢ ἀναβολὴ χρόνιος, ἢ δι' ἀπορίαν μηδὲν ἕξει, ὅ, τι ἀπολέσει. Καὶ οἷς, τὰ μὲν κέρδη φανερὰ, ἢ μεγάλα, ἢ ἐγγύς· αἱ δὲ ζημίαι, ἢ μικραὶ ἢ ἀφανεῖς, ἢ πόῤῥω. Καὶ ὧν μή ἐστι τιμωρία ἴση τῇ ὠφελείᾳ, οἷον δοκεῖ ἔχειν ἡ τυραννίς. Καὶ ὅσοις, τὰ μὲν ἀδικήματα, λήμματα· αἱ δὲ ζημίαι, ὀνείδη μόνον. Καὶ οἷς τοὐναντίον, τὰ μὲν ἀδικήματα εἰς ἔπαινόν τινα· οἷον, εἰ συνέβη ἅμα τιμωρήσασθαι ὑπὲρ πατρὸς ἢ μητρός· αἱ δὲ ζημίαι, εἰς χρήματα, ἢ φυγὴν, ἢ τοιοῦτόν τι· ἀμφότεροι γὰρ ἀδικοῦσι, καὶ ἀμφοτέρως ἔχοντες, πλὴν οὐχ οἱ αὐτοὶ, ἀλλ' οἱ ἐναντίοι τοῖς ἤθεσι [6].... Καὶ οἷς ἂν ἐνδέχηται διὰ τύχην δόξαι πρᾶξαι, ἢ δι' ἀνάγκην, ἢ διὰ φύσιν, ἢ δι' ἔθος· καὶ ὅλως ἁμαρτεῖν, ἀλλὰ μὴ ἀδικεῖν. Καὶ οἷς ἂν ᾖ τοῦ ἐπιεικοῦς [7] τυχεῖν. Καὶ ὅσοι ἂν ἐνδεεῖς ὦσι. Διχῶς δὲ εἰσιν ἐνδεεῖς· ἢ γὰρ ὡς ἀναγκαίου [8], ὥσπερ οἱ πένητες· ἢ ὡς ὑπερβολῆς, ὥσπερ οἱ πλούσιοι. Καὶ οἱ σφόδρα εὐδοκιμοῦντες, καὶ οἱ σφόδρα ἀδοξοῦντες· οἱ μὲν, ὡς οὐ δόξοντες· οἱ δὲ, ὡς οὐδὲν μᾶλλον ἀδοξοῦντες. Αὐτοὶ μὲν οὖν οὕτως ἔχοντες, ἐπιχειροῦσιν.

(Chap. XII.)

3. *Contre qui on commet l'injustice.*

[Ποίους καὶ πῶς ἔχοντας ἀδικοῦσι]

Ἀδικοῦσι δὲ τοὺς τοιούτους. Καὶ τὰ τοιαῦτα τοὺς ἔχοντας ὧν αὐτοὶ ἐνδεεῖς, ἢ εἰς τὰ ἀναγκαῖα, ἢ εἰς

6. Entendez : Il y a de part et d'autre culpabilité, mais une complète opposition morale.

7. L'« indulgence » des juges.

8. Notez l'équivalence exacte du mot français ; le *nécessaire*, opposé au superflu.

ὑπεροχὴν, ἢ εἰς ἀπόλαυσιν. Καὶ τοὺς πόῤῥω, καὶ τοὺς ἐγγύς· τῶν μὲν γὰρ, ἡ λῆψις ταχεῖα· τῶν δὲ, ἡ τιμωρία βραδεῖα· οἷον, οἱ συλῶντες τοὺς Καρχηδονίους. Καὶ τοὺς μὴ εὐλαβεῖς, μηδὲ φυλακτικοὺς, ἀλλὰ πιστευτικούς· ῥᾴδιον γὰρ πάντας λαθεῖν. Καὶ τοὺς ῥαθυμοῦντας· ἐπιμελοῦς γὰρ τὸ ἐπεξελθεῖν[1]. Καὶ τοὺς αἰσχυντηλούς· οὐ γὰρ μαχητικοὶ[2] περὶ κέρδους. Καὶ τοὺς ὑπὸ πολλῶν ἀδικηθέντας, καὶ μὴ ἐπεξελθόντας, ὡς ὄντας, κατὰ τὴν παροιμίαν, τούτους, Μυσῶν λείαν[3]. Καὶ οὓς μηδεπώποτε, καὶ οὓς πολλάκις· ἀμφότεροι γὰρ ἀφύλακτοι· οἱ μὲν, ὡς οὐδέποτε· οἱ δὲ, ὡς οὐκ ἂν ἔτι. Καὶ τοὺς διαβεβλημένους, ἢ εὐδιαβόλους· οἱ τοιοῦτοι γὰρ, οὔτε προαιροῦνται, φοβούμενοι τοὺς κριτάς· οὔτε δύνανται πείθειν, ὧν οἱ μισούμενοι καὶ φθονούμενοί εἰσι. Καὶ πρὸς οὓς ἔχουσι πρόφασιν, ἢ προγόνων, ἢ αὐτῶν, ἢ φίλων, ἢ ποιησάντων κακῶς, ἢ μελλησάντων, ἢ αὐτοὺς, ἢ προγόνους, ἢ ὧν κήδονται· ὥσπερ γὰρ ἡ παροιμία, Προφάσεως δεῖται μοῦνον[4] ἡ πονηρία. Καὶ τοὺς ἐχθροὺς, καὶ τοὺς φίλους· τοὺς μὲν γὰρ, ῥᾴδιον· τοὺς δὲ, ἡδύ. Καὶ τοὺς ἀφίλους. Καὶ τοὺς μὴ δεινοὺς εἰπεῖν, ἢ πρᾶξαι[5]· ἢ γὰρ οὐκ ἐγχειροῦσιν ἐπεξιέναι, ἢ καταλλάττονται, ἢ οὐδὲν περαίνουσι. Καὶ οἷς μὴ λυσιτελεῖ διατρίβειν ἐπιτηροῦσιν ἢ δίκην ἢ ἔκτισιν·

3-1. Attaquer en justice (voir p. 19, n. 4), se faire rendre justice est le fait d'un homme vigilant, actif.

2. C'est notre mot « batailleur ».

3. La lâcheté des Mysiens (Asie Mineure) était proverbiale en Grèce. Démosthène dit (*Disc. pour la couronne*, XXII), avec une éloquente ironie : Εἰ ἐχρῆν τὴν Μυσῶν λείαν καλουμένην, τὴν Ἑλλάδα ὀφθῆναι, ζώντων Ἀθηναίων καὶ ὁρώντων, περιέργασμαι... Cicéron *pro Flacco*, XXVII) ; *Quid porro in græco sermone tam tritum atque celebratum est, quàm si quis despicatui ducitur, ut Mysorum ultimus esse dicatur ?*

4. Μοῦνον, depuis μόνον, est du dialecte ionien.

5. Ailleurs : Οἱ εἰπεῖν δυνάμενοι, καὶ οἱ πρακτικοί.

οἷον, οἱ ξένοι καὶ αὐτουργοί· ἐπὶ μικρῶν τε γὰρ διαλύονται, καὶ ῥᾳδίως οἱ τοιοῦτοι καταπαύονται. Καὶ τοὺς πολλὰ ἠδικηκότας, ἢ τοιαῦτα οἷα ἀδικοῦνται· ἐγγὺς γάρ τι δοκεῖ τοῦ μὴ ἀδικεῖν εἶναι, ὅταν τι τοιοῦτον ἀδικηθῇ τις, οἷον εἰώθει καὶ αὐτὸς ἀδικεῖν· λέγω δὲ, οἷον εἴ τις τὸν εἰωθότα ὑβρίζειν αἰκίσαιτο. Καὶ τοὺς ἢ πεποιηκότας κακῶς, ἢ βουληθέντας, ἢ βουλομένους, ἢ ποιήσοντας· ἔχει γὰρ καὶ τὸ ἡδὺ, καὶ τὸ καλόν· καὶ ἐγγὺς τοῦτο τοῦ μὴ ἀδικεῖν φαίνεται....

(CHAP. XII.)

1er APPENDICE. — *Deux sortes de lois. Deux sortes de droits.*

Ὥρισται δὴ τὰ δίκαια καὶ τὰ ἄδικα, πρός τε νόμους δύο, καὶ πρὸς οὕς ἐστι, διχῶς.

1.

Λέγω δὲ νόμον, τὸν μὲν, ἴδιον· τὸν δὲ, κοινόν. Ἴδιον μὲν, τὸν ἑκάστοις ὡρισμένον πρὸς αὐτούς· καὶ τούτων, τὸν μὲν, ἄγραφον· τὸν δὲ, γεγραμμένον. Κοινὸν δὲ, τὸν κατὰ φύσιν· ἔστι γὰρ, ὃ μαντεύονταί τι πάντες, φύσει κοινὸν δίκαιον καὶ ἄδικον, κἂν μηδεμία κοινωνία πρὸς ἀλλήλους ᾖ, μηδὲ συνθήκη· οἷον καὶ ἡ Σοφοκλέους Ἀντιγόνη φαίνεται λέγουσα, ὅτι δίκαιον, ἀπειρημένον θάψαι τὸν Πολυνείκη, ὡς φύσει ὂν τοῦτο δίκαιον·

Οὐ γάρ τί νῦν γε κἀχθὲς, ἀλλ' αἰεί ποτε
Ζῇ τοῦτο, κοὐδεὶς οἶδεν, ἐξ ὅτου φάνη[1].

1-1. *Antigone*, vers 456, 457. Au vers 454 Antigone avait invoqué ἄγραπτα θεῶν νομίμα. Cf. Cicéron (*pro Milone*, IV) : *Est hæc*

Καὶ ὡς Ἐμπεδοκλῆς λέγει περὶ τοῦ μὴ κτείνειν τὸ ἔμψυχον· τοῦτο γὰρ, οὐ τισὶ μὲν δίκαιον, τισὶ δὲ οὐ δίκαιον·

Ἀλλὰ τὸ μὲν πάντων νόμιμον, διά τ' εὐρυμέδοντος
Αἰθέρος ἠνεκέως τέταται, διά τ' ἀπλέτου αὐγῆς[2].

2.

Πρὸς οὓς δὲ διώρισται, διχῶς διώρισται[1]· ἢ γὰρ πρὸς τὸ κοινὸν, ἢ πρὸς ἕνα τῶν κοινωνούντων, ἃ δεῖ πράττειν καὶ μὴ πράττειν. Διὸ καὶ τὰ ἀδικήματα καὶ τὰ δικαιώματα, διχῶς ἐστιν ἀδικεῖν καὶ δικαιοπραγεῖν. ἢ γὰρ πρὸς ἕνα ὡρισμένον, ἢ πρὸς τὸ κοινόν· ὁ γὰρ μοιχεύων καὶ τύπτων ἀδικεῖ τινα τῶν ὡρισμένων· ὁ δὲ μὴ στρατευόμενος, τὸ κοινόν.

(CHAP. XIII.)

2e APPENDICE. — *Distinction de « l'équité » et de la « justice ».*

Ἐπεὶ δὲ τῶν δικαίων καὶ τῶν ἀδίκων ἦν δύο εἴδη· τὰ μὲν γὰρ γεγραμμένα· τὰ δὲ, ἄγραφα· περὶ ὧν μὲν οἱ νόμοι ἀγορεύουσιν, εἴρηται· τῶν δὲ ἀγράφων, δύο ἐστὶν εἴδη.

Ταῦτα δ' ἐστὶ, τὰ μὲν, καθ' ὑπερβολὴν ἀρετῆς καὶ κακίας, ἐφ' οἷς ὀνείδη καὶ ἔπαινοι, ἀτιμίαι καὶ τιμαὶ,

---

non scripta, sed nata lex ; quam non didicimus, accepimus, legimus, verum ex naturâ ipsâ arripuimus, hausimus, expressimus ; ad quam non docti, sed facti ; non instituti, sed imbuti sumus...

2. Il reste plusieurs centaines de vers, fragments du poème d'Empédocle (Ve siècle) sur la *Nature des choses.*

2-1. « Pour ce qui est des personnes, on a distingué deux sortes de droits. »

καὶ δωρεαί· οἷον, τὸ χάριν ἔχειν τῷ ποιήσαντι εὖ, καὶ ἀντευποιεῖν τὸν εὖ ποιήσαντα, καὶ βοηθητικὸν εἶναι τοῖς φίλοις, καὶ ὅσα ἄλλα τοιαῦτα· τὰ δὲ, τοῦ ἰδίου νόμου καὶ γεγραμμένου ἔλλειμμα· τὸ γὰρ ἐπιεικὲς[1] δοκεῖ δίκαιον εἶναι.

Ἔστι δὲ ἐπιεικὲς τὸ παρὰ τὸν γεγραμμένον νόμον δίκαιον. Συμβαίνει δὲ τοῦτο, τὰ μὲν, ἀκόντων, τὰ δὲ, ἑκόντων τῶν νομοθετῶν· ἀκόντων μὲν, ὅταν λάθῃ· ἑκόντων δὲ, ὅταν μὴ δύνωνται διορίσαι, ἀλλ' ἀναγκαῖον μὲν ᾖ καθόλου εἰπεῖν, μὴ ᾖ δὲ, ἀλλ' ὡς ἐπὶ τὸ πολύ[2]....

Εἰ δ' ἔστι τὸ εἰρημένον ἐπιεικὲς, φανερὸν ποῖά ἐστι τὰ ἐπιεικῆ, καὶ οὐκ ἐπιεικῆ, καὶ ποῖοι οὐκ ἐπιεικεῖς ἄνθρωποι· ἐφ' οἷς τε γὰρ δεῖ συγγνώμην ἔχειν, ἐπιεικῆ ταῦτα. Καὶ τὸ τὰ ἁμαρτήματα καὶ τὰ ἀδικήματα μὴ τοῦ ἴσου ἀξιοῦν, μηδὲ τὰ ἁμαρτήματα καὶ τὰ ἀτυχήματα· ἔστι δὲ, ἀτυχήματα μὲν, ὅσα παράλογα, καὶ μὴ ἀπὸ μοχθηρίας· ἁμαρτήματα δὲ, ὅσα μὴ παράλογα, καὶ μὴ ἀπὸ πονηρίας· ἀδικήματα δὲ, ὅσα μή τε παράλογα, ἀπὸ πονηρίας τέ ἐστι· τὰ γὰρ δι' ἐπιθυμίαν, ἀπὸ πονηρίας.

Καὶ τὸ τοῖς ἀνθρωπίνοις[3] συγγινώσκειν, ἐπιεικές. Καὶ τὸ μὴ πρὸς τὸν νόμον, ἀλλὰ πρὸς τὸν νομοθέτην σκοπεῖν. Καὶ τὸ μὴ πρὸς τὸν λόγον, ἀλλὰ πρὸς τὴν διάνοιαν[4] τοῦ νομοθέτου σκοπεῖν. Καὶ μὴ πρὸς τὴν πρᾶξιν, ἀλλὰ πρὸς τὴν προαίρεσιν[5]. Καὶ μὴ πρὸς τὸ μέρος, ἀλλὰ πρὸς τὸ ὅλον. Μηδὲ ποῖός τις νῦν, ἀλλὰ

---

1. Ce qui est « équitable ».
2. ...Lorsque, ne pouvant définir le cas, ils sont forcés de généraliser, au moins le plus possible.
3. Les faiblesses humaines.
4. Distinction entre la « lettre » (λόγος), et l' « esprit » (διάνοια) de la loi.
5. Distinction entre l'acte et l'intention.

ποῖός τις ἦν αἰεὶ, ἢ ὡς ἐπὶ τὸ πολύ. Καὶ τὸ μνημονεύειν μᾶλλον ὧν ἔπαθεν ἀγαθῶν, ἢ κακῶν· καὶ ἀγαθῶν ὧν ἔπαθε μᾶλλον, ἢ ἐποίησε. Καὶ τὸ ἀνέχεσθαι ἀδικούμενον. Καὶ τὸ μᾶλλον λόγῳ ἐθέλειν κρίνεσθαι, ἢ ἔργῳ. Καὶ τὸ εἰς δίαιταν[6] μᾶλλον, ἢ εἰς δίκην βούλεσθαι ἰέναι· ὁ γὰρ διαιτητὴς τὸ ἐπιεικὲς ὁρᾷ· ὁ δὲ δικαστὴς, τὸν νόμον· καὶ τούτου ἕνεκα διαιτητὴς εὑρέθη, ὅπως τὸ ἐπιεικὲς ἰσχύῃ. Περὶ μὲν οὖν τῶν ἐπιεικῶν διωρίσθω τὸν τρόπον τοῦτον.

(Chap. XIII.)

IX. Des preuves indépendantes de l'art[1].

Περὶ δὲ τῶν ἀτέχνων καλουμένων πίστεων, ἐχόμενόν ἐστι τῶν εἰρημένων, ἐπιδραμεῖν· ἴδιαι[2] γὰρ αὗται τῶν δικανικῶν. Εἰσὶ δὲ πέντε τὸν ἀριθμὸν, νόμοι, μάρτυρες, συνθῆκαι, βάσανοι, ὅρκος.

. . . .

La torture. — Αἱ δὲ βάσανοι μαρτυρίαι τινές εἰσιν. Ἔχειν δὲ δοκοῦσι τὸ πιστὸν, ὅτι ἀνάγκη τις πρόσεστι. Οὔκουν χαλεπὸν οὐδὲ περὶ τούτων ἰδεῖν, καὶ τὰ ἐνδεχόμενα εἰπεῖν· ἐξ ὧν, ἄν τε ὑπάρχωσιν οἰκεῖαι, αὔξειν ἐστὶν[3], ὅτι ἀληθεῖς μόναι τῶν μαρτυριῶν εἰσιν αὗται· ἐάν τε ὑπεναντίαι ὦσι, καὶ μετὰ τοῦ ἀμφισβητοῦντος, διαλύοι ἄν τις τἀληθῆ, λέγων καθ' ὅλου τοῦ γένους τῶν βασάνων· οὐδὲν γὰρ ἧττον ἀναγ-

---

6. Règlement, arbitrage.

IX-1. Ce sont : les textes de lois, les témoins, les conventions, la torture, le serment.

2. « Nous passons naturellement de ce qui vient d'être dit aux preuves... » — Ἔχομαι (moyen), s'attacher à, être lié à. D'où la locution Ἐχόμενόν ἐστι, « c'est une conséquence ».

3. « Si elles nous sont favorables, il y a lieu d'amplifier la valeur de leur témoignage. »

καζόμενοι τὰ ψευδῆ λέγουσιν, ἢ τἀληθῆ· καὶ διακαρτεροῦντες μὴ λέγειν τἀληθῆ· καὶ ῥᾳδίως καταψευδόμενοι, ὡς παυσόμενοι θᾶττον. Δεῖ δ' ἔχειν[4] ἐπαναφέρειν ἐπὶ τοιαῦτα γεγενημένα παραδείγματα, ἃ ἴσασιν οἱ κρίνοντες[5].

(CHAP. XV.)

4. Ἔχειν, avoir à, pouvoir, être en état, en mesure de...

5. On peut regretter qu'Aristote autorise l'avocat à tirer parti, à l'occasion, des réponses arrachées par la torture, et suive le préjugé de l'antiquité, qui voyait à peine un homme dans un esclave, et qu'en cela ce grand esprit n'ait pas été supérieur à son temps. Peut-on s'en étonner ? Cicéron aussi fait appel à ce genre de preuves, et conseille à son fils, dans les *Partitions oratoires* écrites pour son instruction, d'user de l'argument fourni par la question (*tormenta, quæstiones*) et de la réclamer lui-même pour le besoin de sa cause (*Si quæstiones habitæ aut postulatio ut habeantur, causam adjuvabunt*, XXXIV). « La torture, supplice pire que la mort, dit Voltaire (*Siècle de Louis XV*), est aussi condamnable que les délits qu'on croit prévenir par elle et qu'on ne prévient pas ». Elle a été abolie en Angleterre et en Allemagne avant de l'être en France (1780). — On ne s'étonnera pas que les *Rhétoriques* postérieures à cette date ne la mentionnent plus dans la liste des preuves « extrinsèques ».

LIVRE II

L'INVENTION (SUITE). — DES MŒURS, DES PASSIONS, DES ARGUMENTS

I. Des mœurs (ἤθη) et des passions (πάθη[1]).

1. *Préliminaires.*

Ἐπεὶ ἕνεκα κρίσεώς ἐστιν ἡ ῥητορικὴ (καὶ γὰρ τὰς συμβουλὰς κρίνουσι, καὶ ἡ δίκη κρίσις ἐστίν), ἀνάγκη μὴ μόνον πρὸς τὸν λόγον ὁρᾷν, ὅπως ἀποδεικτικὸς ἔσται καὶ πιστὸς, ἀλλὰ καὶ αὑτὸν ποιόν τινα καὶ τὸν κριτὴν κατασκευάζειν. Πολὺ γὰρ διαφέρει πρὸς πίστιν, μάλιστα μὲν ἐν ταῖς συμβουλαῖς, εἶτα δὲ καὶ ἐν ταῖς δίκαις, τό τε ποιόν τινα φαίνεσθαι τὸν λέγοντα[2], καὶ τὸ πρὸς αὐτοὺς ὑπολαμβάνειν ἔχειν πως αὐτόν· πρὸς δὲ τούτοις ἐὰν καὶ αὐτοὶ διακείμενοί[3] πως τυγχάνωσι. Τὸ μὲν

---

1. Πάσχειν (Racine παθ, d'où l'aoriste ἔπαθον et le subst. πάθος) a le sens très général de être affecté de telle ou telle manière : de même en latin *affici dolore. affici gaudio*. Πάθος, état physique ou moral; πάθη, tantôt les passions quelconques, tantôt les souffrances et les malheurs qui nous affectent (comme on le verra *infra*, IV, *De la pitié*).

2. Il est très « important » (διαφέρειν, 1° différer, 2° l'emporter, 3° être important) que l'orateur se montre doué de *certaines* (τίς) *qualités* (ποῖος, οἷος, *talis, qualis*).

3. Κεῖμαι, *jaceo, positus sum*; διακείμενος, *dispositus*, disposé. On voit la correspondance exacte des termes des trois langues. — Πῶς, d'une certaine façon.

οὖν ποιόν τινα φαίνεσθαι τὸν λέγοντα, χρησιμώτερον εἰς τὰς συμβουλάς ἐστι· τὸ δὲ διακεῖσθαί πως τὸν ἀκροατὴν, εἰς τὰς δίκας. Οὐ γὰρ ταὐτὰ φαίνεται φιλοῦσι καὶ μισοῦσιν, οὐδ' ὀργιζομένοις καὶ πρᾴως ἔχουσιν· ἀλλ' ἢ τὸ παράπαν ἕτερα, ἢ κατὰ μέγεθος ἕτερα[4]. Τῷ μὲν γὰρ φιλοῦντι, περὶ οὗ ποιεῖται τὴν κρίσιν, ἢ οὐκ ἀδικεῖν, ἢ μικρὰ δοκεῖ ἀδικεῖν· τῷ δὲ μισοῦντι, τοὐναντίον. Καὶ τῷ μὲν ἐπιθυμοῦντι καὶ εὐέλπιδι ὄντι, ἐὰν ᾖ τὸ ἐσόμενον ἡδὺ, καὶ ἔσεσθαι, καὶ ἀγαθὸν ἔσεσθαι φαίνεται· τῷ δ' ἀπαθεῖ καὶ δυσχεραίνοντι, τοὐναντίον.

2. *Les Mœurs* [*oratoires*[1]].

Τοῦ μὲν οὖν αὐτοὺς εἶναι πιστοὺς τοὺς λέγοντας, τρία ἐστὶ τὰ αἴτια· τοσαῦτα γάρ ἐστι, δι' ἃ πιστεύομεν ἔξω τῶν ἀποδείξεων[2]. Ἔστι δὲ ταῦτα, φρόνησις, καὶ ἀρετὴ, καὶ εὔνοια[3]. Διαψεύδονται γὰρ, περὶ ὧν λέγουσιν ἢ συμβουλεύουσιν[4], ἢ διὰ πάντα ταῦτα, ἢ διὰ τούτων τί. Ἢ γὰρ δι' ἀφροσύνην οὐκ ὀρθῶς δοξάζουσιν· ἢ δοξάζοντες ὀρθῶς, διὰ μοχθηρίαν οὐ τὰ δοκοῦντα λέγουσιν· ἢ φρόνιμοι μὲν καὶ ἐπιεικεῖς[5] εἰσιν, ἀλλ' οὐκ εὖνοι. Διόπερ ἐνδέχεται μὴ τὰ βέλτιστα συμβουλεύειν γινώσκοντας[6]· καὶ παρὰ ταῦτα οὐδέν. Ἀνάγκη ἄρα τὸν ἅπαντα δοκοῦντα ταῦτα ἔχειν, εἶναι τοῖς ἀκροωμένοις πιστόν.

---

4. « Les choses nous paraissent ou tout autres, ou d'une tout autre importance ».

2-1. Voyez INTRODUCTION, III ; et page 4, note 6.

2. *En dehors des*, indépendamment des démonstrations.

3. Voyez comme au début du *Discours pour la couronne*. Démosthène proteste de son sentiment de εὔνοια.

4. Dans les discours et les délibérations.

5. Voyez page 20, note 7.

6. « Tout en connaissant la question ».

3. *Les Passions.*

Ἔστι δὲ τὰ πάθη, δι' ὅσα μεταβάλλοντες διαφέρουσι πρὸς τὰς κρίσεις, οἷς ἕπεται λύπη καὶ ἡδονή· οἷον, ὀργή, ἔλεος, φόβος, καὶ ὅσα ἄλλα τοιαῦτα, καὶ τὰ τούτοις ἐναντία. Δεῖ δὲ διαιρεῖν τὰ περὶ ἕκαστον εἰς τρία· λέγω δ' οἷον[1] περὶ ὀργῆς, πῶς τε διακείμενοι ὀργίλοι εἰσὶ καὶ τίσιν εἰώθασιν ὀργίζεσθαι, καὶ ἐπὶ ποίοις. Εἰ γὰρ τὸ μὲν ἓν ἢ τὰ δύο ἔχοιμεν τούτων, ἅπαντα δὲ μή, ἀδύνατον ἂν εἴη τὴν ὀργὴν ἐμποιεῖν· ὁμοίως δὲ καὶ ἐπὶ τῶν ἄλλων[2].

(Chap. I.)

II. Des passions[1]. — De l'amitié (φιλία[2]).

1. *Définition de l'amitié*[3].

Ἔστω τὸ φιλεῖν τὸ βούλεσθαί τινι, ἃ οἴεται ἀγαθά,

3-1. Οἷον, « par exemple ».

2. C'est cette triple division qu'Aristote observera dans les analyses successives des différentes passions (Voir la note suivante.)

II-1. Aristote traite de la colère, de la douceur, de l'amitié et de la haine, de la crainte, de la honte, de la bienfaisance, de la pitié, de l'indignation, de l'envie, de l'émulation.

2. Beaucoup, après ce chapitre et ce qu'Aristote a consacré au même sujet dans la *Morale à Nicomaque*, ont écrit sur l'amitié : Platon (*Lysis*) ; Plutarque (Περὶ πολυφιλίας) ; Lucien (*Toxaris*) ; Cicéron (*De amicitiâ*) ; La Fontaine (VIII, 11) ; Mme de Lambert, Louis de Sacy ; Ducis (*Épître à l'amitié*), etc. Horace a dit de l'ami *animæ dimidium meæ*. Montaigne (*Essais*, I, 36), inspiré par son amitié pour la Boétie, est, pour lui emprunter à son profit une de ses expressions, le « maître du chœur ».

3. Théophraste (*Caractères*), comme son maître, commence uniformément ses portraits par une définition de la passion, du travers, etc., qui est son sujet (par exemple Ἡ λογοποΐα ἐστὶ...). Puis vient : Ὁ δὲ λογοποιὸς τοιοῦτός τις οἷος... ; suivent alors les traits qui dessinent la phy

ἐκείνου ἕνεκα, ἀλλὰ μὴ αὑτοῦ, καὶ τὸ κατὰ δύναμιν πρακτικὸν εἶναι τούτων. Φίλος δ' ἐστὶν ὁ φιλῶν καὶ ἀντιφιλούμενος. Οἴονται δὲ φίλοι εἶναι, οἱ οὕτως ἔχειν οἰόμενοι πρὸς ἀλλήλους. Τούτων δὲ ὑποκειμένων[4], ἀνάγκη φίλον εἶναι τὸν συνηδόμενον τοῖς ἀγαθοῖς, καὶ συναλγοῦντα τοῖς λυπηροῖς, μὴ διά τι ἕτερον, ἀλλὰ δι' ἐκεῖνον. Γιγνομένων γὰρ ὧν βούλονται, χαίρουσι πάντες· τῶν ἐναντίων δὲ, λυποῦνται· ὥστε τῆς βουλήσεως σημεῖον αἱ λῦπαι καὶ αἱ ἡδοναί. Καὶ οἷς ἤδη ταὐτὰ ἀγαθὰ καὶ κακά· καὶ οἱ τοῖς αὐτοῖς φίλοι, καὶ οἱ τοῖς αὐτοῖς ἐχθροί· ταὐτὰ γὰρ τούτοις βούλεσθαι ἀνάγκη. Ὥστε ἅπερ αὑτῷ, καὶ ἄλλῳ βουλόμενος, τούτῳ φαίνεται[5] φίλος εἶναι[6].

2. *Qui et pourquoi on aime.*

Καὶ τοὺς πεποιηκότας εὖ, φιλοῦσιν, ἢ αὐτοὺς, ἢ ὧν κήδονται[1]· ἢ εἰ μεγάλα, ἢ εἰ προθύμως, ἢ ἐν τοιούτοις καιροῖς, καὶ αὐτῶν ἕνεκα· ἢ οὓς ἂν οἴωνται βούλεσθαι ποιεῖν εὖ. — Καὶ[2] τοὺς τῶν φίλων φίλους, καὶ τοὺς φιλοῦντας οὓς αὐτοὶ φιλοῦσι· καὶ τοὺς φιλουμένους ὑπὸ τῶν φιλουμένων ἑαυτοῖς. — Καὶ τοὺς τοῖς αὐτοῖς ἐχθροὺς, καὶ μισοῦντας οὓς αὐτοὶ μισοῦσι, καὶ

---

sionomie du personnage et le mettent en scène, agissant, parlant. — Les portraits d'Aristote, restent abstraits ; ils sont formés de la juxtaposition successive des traits relevés par l'analyse philosophique et généralisés.

4. Ceci « posé ». Voyez p. 27, note 3.

5. Notez la différence essentielle de δοκεῖ, semble (*videtur*), et de φαίνεται, est évidemment (*apparet*).

6. Salluste fait dire à Catilina (XX), « *Idem velle atque nolle, ea demum firma amicitia est* ». Il donne ainsi plutôt, comme on l'a remarqué, la définition de la *complicité*. Il dit plus justement ailleurs (*Jugurtha*, XXI) : « *Eadem cupere, eadem odisse, eadem metuere, inter bonos amicitia est, inter malos factio* ».

2-1. Voyez page 9, note 1.

τοὺς μισουμένους ὑπὸ τῶν ἑαυτοῖς μισουμένων· πᾶσι γὰρ τούτοις τὰ αὐτὰ ἀγαθὰ φαίνεται εἶναι καὶ ἑαυτοῖς· ὥστε βούλεσθαι τὰ αὐτοῖς ἀγαθά· ὅπερ ἦν τοῦ φίλου [2]. — Ἔτι τοὺς εὖ ποιητικοὺς εἰς χρήματα καὶ εἰς σωτηρίαν· διὸ τοὺς ἐλευθερίους καὶ τοὺς ἀνδρείους τιμῶσι. — Καὶ τοὺς δικαίους· τοιούτους δ' ὑπολαμβάνουσι, τοὺς μὴ ἀφ' ἑτέρων ζῶντας· τοιοῦτοι δὲ, οἱ ἀπὸ τοῦ ἐργάζεσθαι [3]. — Καὶ τοὺς σώφρονας, ὅτι οὐκ ἄδικοι· καὶ τοὺς ἀπράγμονας [4], διὰ τὸ αὐτό. — Καὶ οἷς βουλόμεθα φίλοι εἶναι, ἐὰν φαίνωνται βουλόμενοι. Εἰσὶ δὲ τοιοῦτοι, οἵ τε ἀγαθοὶ κατὰ ἀρετὴν, καὶ οἱ εὐδόκιμοι ἢ ἐν πᾶσιν, ἢ ἐν τοῖς βελτίστοις, ἢ ἐν τοῖς θαυμαζομένοις ὑπ' αὐτῶν, ἢ ἐν τοῖς θαυμάζουσιν αὐτούς. — Ἔτι τοὺς ἡδεῖς συνδιαγαγεῖν καὶ συνδιημερεῦσαι· τοιοῦτοι δ' οἱ εὔκολοι, καὶ μὴ ἐλεγκτικοὶ τῶν ἁμαρτανομένων, καὶ μὴ φιλόνεικοι, μηδὲ δυσέριδες. Πάντες γὰρ οἱ τοιοῦτοι μαχητικοί· οἱ δὲ μαχόμενοι, τἀναντία φαίνονται βούλεσθαι. — Καὶ οἱ ἐπιδέξιοι, καὶ τῷ τωθάσαι, καὶ τῷ ὑπομεῖναι· ἐπὶ ταὐτὰ γὰρ ἀμφότεροι σπεύδουσι τῷ πλησίον· δυνάμενοί τε σκώπτεσθαι, καὶ ἐμμελῶς σκώπτοντες. — Καὶ τοὺς ἐπαινοῦντας τὰ ὑπάρχοντα ἀγαθὰ [5], καὶ τούτων μάλιστα, ἃ φοβοῦνται μὴ ὑπάρχειν αὐτοῖς. — Καὶ τοὺς μὴ ὀνειδιστὰς, μήτε τῶν ἁμαρτημάτων, μήτε τῶν εὐεργετημάτων [6]· ἀμφότεροι γὰρ ἐλεγκτικοί. — Καὶ τοὺς

2. Ἦν... Allusion à la définition, donnée plus haut de l'amitié.

3. « Ceux qui vivent de leur travail. »

4. Ἀπράγμων répond étymologiquement à notre expression familière « qui ne fait pas d'*affaire* », qui ne suscite pas de difficultés, de litiges.

5. Qui louent « nos qualités », et, ajoute Aristote très finement, surtout celles que nous craignons de ne pas avoir.

6. C'est la pensée exprimée par Racine dans le vers célèbre (*Iphigénie*, IV, 1) :

Un bienfait reproché tint toujours lieu d'offense.

μὴ μνησικάκους, μηδὲ φυλακτικοὺς τῶν ἐγκλημάτων, ἀλλ' εὐκαταλλάκτους· οἵους γὰρ ἂν ὑπολάβωσιν εἶναι πρὸς τοὺς ἄλλους, καὶ πρὸς αὐτοὺς οἴονται. — Καὶ τοὺς μὴ κακολόγους, μηδὲ εἰδότας, μήτε τὰ τῶν πλησίον κακὰ, μήτε τὰ αὐτῶν, ἀλλὰ τὰ ἀγαθά· ὁ γὰρ ἀγαθὸς τοῦτο δρᾷ. — Καὶ τοὺς μὴ ἀντιτείνοντας τοῖς ὀργιζομένοις, ἢ σπουδάζουσι· μαχητικοὶ γὰρ οἱ τοιοῦτοι....

Εἴδη δὲ φιλίας, ἑταιρεία[7], οἰκειότης, συγγένεια, καὶ ὅσα τοιαῦτα. Ποιητικὰ δὲ φιλίας, χάρις, καὶ τὸ, μὴ δεηθέντος, ποιῆσαι[8], καὶ τὸ ποιήσαντα μὴ δηλῶσαι[9].

(Chap. IV.)

III. Des passions (*suite*). — De la honte (αἰσχύνη).

Ἔστω αἰσχύνη λύπη τις ἢ ταραχὴ[1] περὶ τὰ εἰς ἀδοξίαν φαινόμενα φέρειν τῶν κακῶν, ἢ παρόντων, ἢ γεγονότων, ἢ μελλόντων. Ἡ δ' ἀναισχυντία, ὀλιγωρία τις καὶ ἀπάθεια περὶ τὰ αὐτὰ ταῦτα.

Εἰ δὴ ἔστιν αἰσχύνη ἡ ὁρισθεῖσα[2], ἀνάγκη αἰσχύνεσθαι μὲν ἐπὶ τοῖς τοιούτοις τῶν κακῶν, ἃ δοκεῖ αἰσχρὰ εἶναι αὐτῷ, ἢ ὧν φροντίζει[3]. Τοιαῦτα δ' ἐστὶν, ὅσα ἀπὸ

7. Camaraderie, *sodalitium*. Ἑταῖρος ἕτερος [ἐστί], un compagnon est un second moi-même, proverbe grec.

8. Suppléez εὖ : Nous rendre service sans que nous l'ayons demandé.

9. Corneille, *Théodore*, I, 2 :
Un bienfait perd sa grâce à le trop publier :
Qui veut qu'on s'en souvienne, il le doit oublier.

III-1. Trouble, confusion (ce que les Grecs rendent aussi par σύγχυσις).

2. Notez l'analogie du grec, du latin et du français. La *définition* (ὁρισμὸς, de ὅρος, *finis*, fin, limite), *détermine* (*terminus*, fin, limite), les caractères propres et essentiels d'une chose, et par conséquent limite l'application du mot qui exprime la chose à celles qui réunissent les caractères précisés par la définition. — Ὅρος s'emploie aussi au sens de ὁρισμός.

3. Ailleurs κήδεται. Voyez p. 19, n. 1, et p. 30, n. 2-1.

κακίας ἔργα ἐστίν· οἷον, ἀποβαλεῖν ἀσπίδα ἢ φυγεῖν· ἀπὸ δειλίας γάρ· καὶ τὸ ἀποστερῆσαι παρακαταθήκην· ἀπ' ἀδικίας γάρ. — Καὶ τὸ κερδαίνειν ἀπὸ μικρῶν, ἢ ἀπὸ αἰσχρῶν, ἢ ἀπ' ἀδυνάτων, οἷον πενήτων ἢ τεθνεώτων· ὅθεν καὶ ἡ παροιμία, τὸ, κἂν ἀπὸ νεκροῦ φέρειν[4]· ἀπὸ αἰσχροκερδίας γὰρ καὶ ἀνελευθερίας[5]. Καὶ τὸ μὴ βοηθεῖν, δυνάμενον, εἰς χρήματα, ἢ ἧττον βοηθεῖν· καὶ τὸ βοηθεῖσθαι παρὰ τῶν ἧττον εὐπόρων. Καὶ δανείζεσθαι, ὅτε δόξει αἰτεῖν· καὶ αἰτεῖν, ὅτε ἀπαιτεῖν· καὶ ἀπαιτεῖν, ὅτε αἰτεῖν· καὶ ἐπαινεῖν, ἵνα δόξῃ αἰτεῖν· καὶ τὸ, ἀποτετυχηκότα, μηδὲν ἧττον· πάντα γὰρ ἀνελευθερίας ταῦτα σημεῖα. — Τὸ δὲ ἐπαινεῖν παρόντα, κολακείας· καὶ τὸ τἀγαθὰ μὲν ὑπερεπαινεῖν, τὰ δὲ φαῦλα συναλείφειν, καὶ τὸ ὑπεραλγεῖν ἐπ' ἀλγοῦντι· καὶ τἄλλα πάντα ὅσα τοιαῦτα· κολακείας γὰρ σημεῖα. — Καὶ τὸ μὴ ὑπομένειν πόνους, οὓς οἱ πρεσβύτεροι, ἢ οἱ τρυφῶντες, ἢ οἱ ἐν ἐξουσίᾳ μᾶλλον ὄντες, ἢ ὅλως οἱ ἀδυνατώτεροι· πάντα γὰρ μαλακίας σημεῖα. — Καὶ τὸ ὑφ' ἑτέρου εὖ πάσχειν, καὶ τὸ πολλάκις· καὶ, ἃ εὖ ἐποίησεν, ὀνειδίζειν· μικροψυχίας γὰρ πάντα καὶ ταπεινότητος σημεῖα. — Καὶ τὸ περὶ αὑτοῦ λεγειν καὶ ἐπαγγέλλεσθαι· καὶ τὸ τὰ ἀλλότρια, αὑτοῦ φάσκειν. ἀλαζονείας γάρ. — Ὁμοιως δὲ καὶ ἀπὸ τῶν ἄλλων ἑκάστης τῶν τοῦ ἤθους κακιῶν τὰ ἔργα, καὶ τὰ σημεῖα, καὶ τὰ ὅμοια· αἰσχρὰ γὰρ καὶ αἰσχυντηλά...

(Chap. VI.)

IV. Des passions (*suite*). — De la pitié (ἔλεος).

1. *De la pitié et de ceux qui éprouvent la pitié.*

Ἔστω ἔλεος λύπη τις ἐπὶ φαινομένῳ κακῷ καὶ

4. « Prendre sur un mort ». | 5. *Illiberalitas*. V. p. 14, n. 1.

λυπηρῷ τοῦ ἀναξίου τυγχάνειν, ὃ κἂν αὐτὸς προσδοκήσειεν ἂν παθεῖν, ἢ τῶν αὐτοῦ τινα· καὶ τοῦτο, ὅταν πλησίον φαίνηται· δῆλον γὰρ, ὅτι ἀνάγκη τὸν μέλλοντα ἐλεήσειν ὑπάρχειν τοιοῦτον οἷον [1] οἰήσεσθαι παθεῖν ἄν τι κακὸν ἢ αὐτὸν, ἢ τῶν αὐτοῦ τινὰ, καὶ τοιοῦτον κακὸν, οἷον εἴρηται ἐν τῷ ὅρῳ [2], ἢ ὅμοιον, ἢ παραπλήσιον.

Διὸ οὔτε οἱ παντελῶς ἀπολωλότες ἐλεοῦσιν· οὐδὲν γὰρ ἂν ἔτι παθεῖν οἴονται· πεπόνθασι γάρ· οὔτε οἱ ὑπερευδαιμονεῖν οἰόμενοι, ἀλλ' ὑβρίζουσιν· εἰ γὰρ ἅπαντα οἴονται ὑπάρχειν τἀγαθὰ, δῆλον ὅτι καὶ τὸ μὴ ἐνδέχεσθαι παθεῖν τι κακόν [3]· καὶ γὰρ τοῦτο τῶν ἀγαθῶν.

Εἰσὶ δὲ τοιοῦτοι οἷοι νομίζειν παθεῖν ἄν [4]· οἵ τε πεπονθότες ἤδη, καὶ διαπεφευγότες· καὶ οἱ πρεσβύτεροι καὶ διὰ τὸ φρονεῖν, καὶ δι' ἐμπειρίαν· καὶ οἱ ἀσθενεῖς· καὶ οἱ δειλότεροι μᾶλλον· καὶ οἱ πεπαιδευμένοι, εὐλόγιστοι γάρ. Καὶ οἷς ὑπάρχουσι γονεῖς, ἢ τέκνα, ἢ γυναῖκες, αὐτοῦ τε γὰρ ταῦτα [5], καὶ οἷα παθεῖν τὰ εἰρημένα. Καὶ μήτε ἐν ἀνδρείας πάθει ὄντες [6], οἷον ἐν ὀργῇ, ἢ θάῤῥει· ἀλόγιστα γὰρ τοῦ ἐσομένου ταῦτα· μήτ' ἐν ὑβριστικῇ διαθέσει, καὶ γὰρ οὗτοι ἀλόγιστοι τοῦ πείσεσθαί τι· μήτ' αὖ φοβούμενοι σφόδρα, οὐ γὰρ ἐλεοῦσιν οἱ ἐκπεπληγμένοι διὰ τὸ εἶναι πρὸς τῷ οἰκείῳ πάθει [7]. Κἂν οἴωνταί τινας εἶναι ἐπιεικεῖς [8]· ὁ γὰρ μηδένα οἰόμενος [9], πάντας

1. Τοιοῦτος οἷος, *talis ut* ou *qui* et le subj., capable de.

2. « Dans notre définition » (Voyez page 32, note 2).

3. Ellipse de οἴονται.

4. « Il y a au contraire des gens portés à réfléchir qu'ils pourraient (ἄν) être éprouvés eux-mêmes », à savoir :...[1]

5. Ταῦτα. Voilà un mot collectif bien sec pour désigner « parents, enfants, femmes ».

6. Ceux qui ne sont pas « dans un état de passion qui tienne du courage. »

7. Parce qu'ils sont tout entiers à, préoccupés de leurs propres épreuves. Πρὸς suivi du datif : auprès de, qui ne s'écarte pas de.

8. Qu'il y a d'« honnêtes gens ». Voir page 4, note 4.

9. Ellipse de εἶναι ἐπιεικῆ.

οἰήσεται ἀξίους εἶναι κακοῦ. Ὅλως δή, ὅταν ἔχῃ οὕτως, ὥστ' ἀναμνησθῆναι τοιαῦτα συμβεβηκότα ἢ αὐτῷ, ἢ[10] τῶν αὐτοῦ· ἢ ἐλπίσαι[11] γενέσθαι ἢ αὐτῷ, ἢ τῶν αὐτοῦ[12].

2. *Des choses qui excitent la pitié.*

Ὡς μὲν οὖν ἔχοντες ἐλεοῦσιν, εἴρηται· ἃ δὲ ἐλεοῦσιν, ἐκ τοῦ ὁρισμοῦ δῆλον. Ὅσα τε γὰρ τῶν λυπηρῶν καὶ ὀδυνηρῶν φθαρτικά, πάντα ἐλεεινά· καὶ ὅσα ἀναιρετικά· καὶ ὅσων ἡ τύχη αἰτία κακῶν, μέγεθος ἐχόντων. Ἔστι

---

10. Devant τῶν sous-entendez τίνι.

11. Non pas « espérer », mais « s'attendre à ». Aujourd'hui encore, dans l'ouest de la France et en Picardie « espérer » s'emploie usuellement au sens de « attendre » : Espérez-moi là.

12. Il résulte bien clairement de cette pénétrante analyse que, si l'on en croit Aristote, la pitié procède moins d'un instinct généreux du cœur que d'une préoccupation personnelle, intéressée et égoïste, et que, par anticipation, on plaint dans le malheureux qu'on voit souffrir le malheureux qu'est exposé à devenir ou soi-même ou un des siens. — Ainsi pensait La Rochefoucauld : « La pitié est un sentiment de nos propres maux dans les maux d'autrui ; c'est une habile prévoyance des malheurs où nous pouvons tomber ; nous donnons du secours aux autres pour les engager à nous en donner en de semblables occasions, et ces services que nous leur rendons sont, à proprement parler, des biens que nous nous faisons à nous-mêmes par avance » (*Maximes*, CCLXIV, éd. Chassang.) Et Charron : « Nous soupirons avec les affligez, compatissons, à leur mal, ou pour ce que, par un secret consentement, nous participons au mal les uns des autres, ou bien que nous craignons en nous-mêmes ce qui arrive aux aultres ». (*De la Sagesse*, I, 33.) — Ainsi ne pensaient ni Virgile :

Non ignara mali, miseris succurrere disco
(*Æn.*, *I*, 630),

ni La Bruyère : « Les gens déjà chargés de leur propre misère sont ceux qui entrent davantage, par la compassion dans celle d'autrui » ; et plus loin : « Une grande âme est au-dessus de l'injure, de l'injustice, de la douleur, de la moquerie, et elle serait invulnérable si elle ne souffrait par la compassion ». (*De l'Homme.*)

δὲ ὀδυνηρὰ μὲν καὶ φθαρτικὰ θάνατοι καὶ αἰκίαι, καὶ σωμάτων κακώσεις, καὶ γῆρας, καὶ νόσοι, καὶ τροφῆς ἔνδεια. Ὧν δὲ ἡ τύχη αἰτία κακῶν, ἀφιλία, ὀλιγοφιλία· διὸ καὶ τὸ διεσπᾶσθαι ἀπὸ τῶν φίλων καὶ συνήθων, ἐλεεινόν· αἶσχος, ἀσθένεια, ἀναπηρία. Καὶ τὸ, ὅθεν προσῆκεν ἀγαθόν τι πρᾶξαι, κακόν τι συμβῆναι. Καὶ τὸ πεπονθότος γενέσθαι τι ἀγαθόν [1]. Καὶ τὸ ἢ μηδὲν γεγενῆσθαι ἀγαθὸν, ἢ γενομένων μὴ εἶναι ἀπόλαυσιν. Ἐφ' οἷς μὲν οὖν ἐλεοῦσι, ταῦτα καὶ τοιαῦτά ἐστιν.

3. *De ceux qui excitent la pitié.*

Ἐλεοῦσι δὲ τούς τε γνωρίμους, ἐὰν μὴ σφόδρα ἐγγὺς ὦσιν οἰκειότητι· περὶ δὲ τούτους, ὥσπερ περὶ αὐτοὺς μέλλοντας [1], ἔχουσι. Διὸ καὶ Ἄμασις, ἐπὶ μὲν τῷ υἱεῖ ἀγομένῳ ἐπὶ τὸ ἀποθανεῖν, οὐκ ἐδάκρυσεν, ὥς φασιν, ἐπὶ δὲ τῷ φίλῳ προσαιτοῦντι [2]· τοῦτο μὲν γὰρ ἐλεεινόν· ἐκεῖνο δὲ δεινόν. Τὸ γὰρ δεινὸν, ἕτερον τοῦ ἐλεεινοῦ, καὶ ἐκκρουστικὸν τοῦ ἐλέου. Καὶ τοὺς ὁμοίους ἐλεοῦσι, κατὰ ἡλικίαν, κατὰ ἤθη, κατὰ ἕξεις, κατὰ ἀξιώματα, κατὰ γένη· ἐν πᾶσι γὰρ τούτοις μᾶλλον φαίνεται καὶ αὐτῷ ἂν ὑπάρξαι [3]. Ὅλως γὰρ καὶ ἐνταῦθα δεῖ λαβεῖν [4], ὅτι, ὅσα ἐφ' αὑτῶν φοβοῦνται, ταῦτα ἐπ' ἄλλων γιγνόμενα ἐλεοῦσιν. Ἐπεὶ δὲ ἐγγὺς φαινόμενα τὰ πάθη ἐλεεινά ἐστι, τὰ δὲ μυριοστὸν ἔτος γενόμενα ἢ ἐσόμενα οὔτ' ἐλπίζοντες οὔτε μεμνημένοι ἢ ὅλως οὐκ ἐλεοῦσιν, ἢ οὐχ ὁμοίως, ἀνάγκη τοὺς συναπεργαζομένους [5] σχή-

2-1. Un bonheur qui arrive trop tard (mot à mot, le fait qu'un bonheur d'une personne qui a été éprouvée [par quelque malheur] arrive). On connaît l'euphémisme grecque, εἴ τι πάθοιμι, s'il m'arrive malheur, c'est-à-dire si je meurs.

3-1. Sous-entendez πάσχειν.

2. Réduit à mendier.

3. Que le même malheur pouvait aussi nous frapper.

4. Sur le sens de ce verbe, voyez page 7, note VI-1.

5. Ceux qui contribuent à nous représenter l'infortune par...

μασι, καὶ φωναῖς, καὶ ἐσθῆτι, καὶ ὅλως τῇ ὑποκρίσει[6], ἐλεεινοτέρους εἶναι. Ἐγγὺς γὰρ ποιοῦσι φαίνεσθαι τὸ κακὸν, πρὸ ὀμμάτων ποιοῦντες, ἢ ὡς μέλλον, ἢ ὡς γεγονός. Καὶ τὰ γεγονότα ἄρτι, ἢ μέλλοντα διὰ ταχέων, ἐλεεινότερα διὰ τὸ αὐτό. Καὶ τὰ σημεῖα, καὶ τὰς πράξεις[7]· οἷον, ἐσθῆτάς τε τῶν πεπονθότων, καὶ ὅσα τοιαῦτα. Καὶ λόγους τῶν ἐν τῷ πάθει ὄντων, οἷον ἤδη τελευτώντων. Καὶ μάλιστα, τὸ σπουδαίους εἶναι[8], ἐν τοῖς τοιούτοις καιροῖς ὄντας, ἐλεεινόν. Ἅπαντα γὰρ ταῦτα, διὰ τὸ ἐγγὺς φαίνεσθαι, μᾶλλον ποιεῖ τὸν ἔλεον· καὶ ὡς ἀναξίου τε ὄντος, καὶ ἐν ὀφθαλμοῖς φαινομένου τοῦ πάθους.

(Chap. VIII.)

V. Des passions (*suite*). — De l'envie (φθόνος).

1. *De l'envie et des envieux.*

Δῆλον καὶ ἐπὶ τίσι φθονοῦσι, καὶ τίσι, καὶ πῶς ἔχοντες, εἴπερ ἐστὶν ὁ φθόνος λύπη τις ἐπὶ εὐπραγίᾳ φαινομένῃ τῶν ἀγαθῶν, περὶ τοὺς ὁμοίους, μὴ ἵνα τι αὐτῷ[1], ἀλλὰ δι' ἐκείνους· φθονήσουσι μὲν γὰρ οἱ τοιοῦτοι, οἷς εἰσί τινες ὅμοιοι, ἢ φαίνονται. Ὁμοίους δὲ λέγω, κατὰ γένος, κατὰ συγγένειαν, καθ' ἡλικίαν, καθ' ἕξιν, κατὰ δόξαν, κατὰ τὰ ὑπάρχοντα. Καὶ οἷς μικροῦ

---

6. On notera cette explication, donnée ici incidemment et indirectement, d'une des deux causes (terreur et pitié) de l'émotion théâtrale et d'un des deux ressorts de la tragédie. Cf. *Poétique*, chap. VI.

7. Ellipse de ἐλεοῦσι.

8. « Conserver sa dignité ».

V-1. Ellipse de ᾖ, *sit*; m.-à-m. non afin que quelqu'un de ces biens soit à lui (à l'envieux), mais à cause de ceux-là. Entendez : eu égard, non à son intérêt, mais au leur ; non qu'il désire pour lui ce bien, mais parce qu'eux ils l'ont. Cicéron, *Tuscul.*, IV, 8 : *Invidentiam esse dicunt ægritudinem susceptam propter alterius res secundas quæ nihil noceant invidenti.*

ἐλλείπει, τὸ μὴ πάντα ὑπάρχειν· διὸ, οἱ μεγάλα πράττοντες, καὶ εὐτυχοῦντες, φθονεροί εἰσιν· πάντας γὰρ οἴονται τὰ αὑτῶν φέρειν[2]. Καὶ οἱ τιμώμενοι ἐπί τινι διαφερόντως, καὶ μάλιστα ἐπὶ σοφίᾳ, ἢ εὐδαιμονίᾳ. Καὶ οἱ φιλότιμοι φθονερώτεροι τῶν ἀφιλοτίμων. Καὶ οἱ δοξόσοφοι· φιλότιμοι γὰρ ἐπὶ σοφίᾳ. Καὶ ὅλως οἱ φιλόδοξοι περί τι, φθονεροὶ περὶ τοῦτο. Καὶ οἱ μικρόψυχοι· πάντα γὰρ αὐτοῖς δοκεῖ μεγάλα εἶναι.

2. *Des choses qui excitent l'envie.*

Ἐφ' ὅσοις δὲ φιλοδοξοῦσι καὶ φιλοτιμοῦνται ἔργοις, καὶ ὀρέγονται δόξης, καὶ ὅσα εὐτυχήματά ἐστι, σχεδὸν περὶ πάντα φθόνος ἐστὶ, καὶ μάλιστα ὧν αὐτοὶ ἢ ὀρέγονται, ἢ οἴονται δεῖν αὐτοὺς ἔχειν, ἢ ὧν αὐτοὶ τῇ κτήσει μικρῷ ὑπερέχουσιν ἢ μικρῷ ἐλλείπουσι.

3. *De ceux qui excitent l'envie.*

Φανερὸν δὲ καὶ, οἷς φθονοῦσιν· τοῖς γὰρ ἐγγὺς καὶ χρόνῳ, καὶ τόπῳ, καὶ ἡλικίᾳ, καὶ δόξῃ, φθονοῦσιν· ὅθεν εἴρηται,

Τό συγγενὲς γὰρ καὶ φθονεῖν ἐπίσταται[1].

καὶ πρὸς οὓς φιλοτιμοῦνται· φιλοτιμοῦνται μὲν γὰρ πρὸς τοὺς εἰρημένους· πρὸς δὲ τοὺς μυριοστὸν ἔτος ὄντας, ἢ πρὸς τοὺς ἐσομένους, ἢ τεθνεῶτας, οὐδείς· οὐδὲ πρὸς τοὺς ἐφ' Ἡρακλείαις στήλαις· οὐδ' ὧν πολὺ οἴονται παρ' αὐτοῖς ἢ παρὰ τοῖς ἄλλοις λείπεσθαι· οὐδ' ὧν πολὺ ὑπερέχειν. Καὶ τοῖς ταχὺ[2], ἢ οἱ μόλις τυχόντες, ἢ μὴ

2... « Leur enlèvent ce qui leur appartient. »

3-1. Ce vers est attribué à Eschyle par le Scholiaste.

2. Sous-entendez τυχοῦσι.

τυχόντες, φθονοῦσι. Καὶ ὧν ἢ κεκτημένων, ἢ κατορθούντων, ὄνειδος αὐτοῖς[3]· ὥστε τοῦτο λυποῦν ποιεῖ τὸν φθόνον. Καὶ τοῖς ἢ ἔχουσι ταῦτα, ἢ κεκτημένοις, ἃ αὐτοῖς προσῆκεν, ἢ ἐκέκτηντό ποτε· διὸ πρεσβύτεροί γε νεωτέροις. Καὶ οἱ πολλὰ δαπανήσαντες εἰς τὸ αὐτὸ, τοῖς ὀλίγα[4], φθονοῦσι.

Δῆλον δὲ, καὶ ἐφ' οἷς χαίρουσιν οἱ τοιοῦτοι, καὶ ἐπὶ τίσι, καὶ πῶς ἔχοντες· ὡς γὰρ μὴ ἔχοντες λυποῦνται, οὕτως ἔχοντες ἐπὶ τοῖς ἐναντίοις ἡσθήσονται.

(CHAP. X.)

VI. Des mœurs.[1] — Portraits.

1. *Préliminaires et définitions.*

Τὰ δὲ ἤθη ποῖοί τινες, κατὰ τὰ πάθη, καὶ τὰς ἕξεις, καὶ τὰς ἡλικίας, καὶ τὰς τύχας, διέλθωμεν μετὰ ταῦτα. Λέγω δὲ πάθη μὲν ὀργὴν, ἐπιθυμίαν, καὶ τὰ τοιαῦτα, περὶ ὧν εἰρήκαμεν πρότερον· ἕξεις δὲ, ἀρετὰς καὶ κακίας. Εἴρηται καὶ περὶ τούτων προτερον, καὶ ποῖα προαιροῦνται ἕκαστοι, καὶ ποίων πρακτικοί. Ἡλικίαι δέ εἰσι νεότης, καὶ ἀκμὴ, καὶ γῆρας. Τύχην δὲ λέγω εὐγένειαν, καὶ πλοῦτον, καὶ δυνάμεις, καὶ τἀναντία τούτοις, καὶ ὅλως εὐτυχίαν καὶ δυστυχίαν.

---

3. « Ceux dont la fortune ou les succès sont un reproche pour nous. »

4. Ellipse de δαπανήσασι.

VI-1. Aristote traite des mœurs à un double point de vue. Il a dit (p. 28, *Des mœurs* [oratoires]) quelles sont les qualités morales dont l'orateur doit faire preuve pour inspirer la confiance. Il va analyser et peindre les mœurs qui dépendent de l'âge et de la condition, parce que : 1° l'orateur doit conformer son langage aux mœurs de ses auditeurs, selon leur âge et leur condition; 2° il leur agréera d'autant plus qu'il donnera à lui-même et à son langage une apparence conforme à ces mœurs, comme il est dit formellement à la fin du chap. XIII : Τοιοῦτοι φαίνονται (les orateurs) καὶ αὐτοὶ καὶ οἱ λόγοι.

2. *Des mœurs qui tiennent à l'âge.*

[κατὰ τὰς ἡλικίας]

La Jeunesse.

Οἱ μὲν οὖν νέοι τὰ ἤθη εἰσὶν ἐπιθυμητικοί, καὶ οἷοι ποιεῖν ὧν ἂν ἐπιθυμήσωσι. — Εὐμετάβολοι δὲ καὶ ἁψίκοροι πρὸς τὰς ἐπιθυμίας. — Καὶ σφόδρα μὲν ἐπιθυμοῦσι, ταχὺ δὲ παύονται. Ὀξεῖαι γὰρ αἱ βουλήσεις, καὶ οὐ μεγάλαι, ὥσπερ αἱ τῶν καμνόντων δίψαι καὶ πεῖναι. — Καὶ θυμικοὶ, καὶ ὀξύθυμοι, καὶ οἷοι ἀκολουθεῖν τῇ ὁρμῇ. Καὶ ἥττους εἰσὶ τοῦ θυμοῦ· διὰ γὰρ φιλοτιμίαν, οὐκ ἀνέχονται ὀλιγωρούμενοι, ἀλλ' ἀγανακτοῦσιν, ἂν οἴωνται ἀδικεῖσθαι. — Καὶ φιλότιμοι μέν εἰσι, μᾶλλον δὲ φιλόνικοι· ὑπεροχῆς γὰρ ἐπιθυμεῖ ἡ νεότης· ἡ δὲ νίκη ὑπεροχή τις. — Καὶ ἄμφω ταῦτα μᾶλλον, ἢ φιλοχρήματοι· φιλοχρήματοι δὲ ἥκιστα, διὰ τὸ μήπω ἐνδείας πεπειρᾶσθαι· ὥσπερ τὸ Πιττακοῦ ἔχει ἀπόφθεγμα εἰς Ἀμφιάραον [1]. — Καὶ οὐ κακοήθεις, ἀλλ' εὐήθεις, διὰ τὸ μήπω τεθεωρηκέναι πολλὰς πονηρίας. — Καὶ εὔπιστοι, διὰ τὸ μήπω πολλὰ ἐξηπατῆσθαι [2].

Καὶ εὔελπιδες· ὥσπερ γὰρ οἱ οἰνωμένοι [3], οὕτω διά-

---

1. Amphiaraüs, mari d'Ériphyle, sœur d'Adraste, refusait de suivre celui-ci à la guerre contre Thèbes, parce que, devin, il savait devoir y trouver la mort. Adraste envoya des cadeaux précieux destinés à Ériphyle, pour la mettre dans ses intérêts. Les cadeaux furent renvoyés, ce qui plus tard fit dire à Pittacus, un des sept sages de la Grèce :

Σὺ δ' οὔπω χρυσοῦ ἔρωτος ἐγεύσω ;
Ἦ γὰρ ἂν χεῖρας εἶχες ἑτοίμους λαβεῖν.

Polynice, gendre d'Adraste, fut plus heureux : séduite par un collier, elle révéla la retraite de son mari, qui partit pour la guerre et fut tué.

2. On voit que le principe général de ces premiers traits du caractère de la jeunesse est une fougue de tempérament et en tout une ardeur généreuse et et confiante.

3. Voyez sur cette comparaison la note finale du portrait et le portrait de la jeunesse par Bossuet.

θερμοί εἰσιν οἱ νέοι ὑπὸ τῆς φύσεως· ἅμα δὲ καὶ διὰ τὸ μήπω πολλὰ ἀποτετυχηκέναι. Καὶ ζῶσι τὰ πλεῖστα ἐλπίδι· ἡ μὲν γὰρ ἐλπὶς τοῦ μέλλοντός ἐστιν· ἡ δὲ μνήμη, τοῦ παροιχομένου. Τοῖς δὲ νέοις τὸ μὲν μέλλον πολύ· τὸ δὲ παρεληλυθὸς, βραχύ. Τῇ γὰρ πρώτῃ ἡμέρᾳ μεμνῆσθαι μὲν οὐδὲν οἴονται, ἐλπίζειν δὲ πάντα. Καὶ εὐεξαπάτητοί εἰσι διὰ τὸ εἰρημένον· ἐλπίζουσι γὰρ ῥᾳδίως. — Καὶ ἀνδρειότεροι· θυμώδεις γὰρ καὶ εὐέλπιδες· ὧν τὸ μὲν, μὴ φοβεῖσθαι· τὸ δὲ, θαῤῥεῖν ποιεῖ. Οὔτε γὰρ ὀργιζόμενος οὐδεὶς φοβεῖται, τό τε ἐλπίζειν ἀγαθόν τι θαῤῥαλέον ἐστί. — Καὶ αἰσχυντηλοί· οὐ γάρ πω καλὰ ἕτερα ὑπολαμβάνουσιν, ἀλλὰ πεπαίδευνται ὑπὸ τοῦ νόμου μόνον. — Καὶ μεγαλόψυχοι· οὔτε γὰρ ὑπὸ τοῦ βίου οὔπω τεταπείνωνται, ἀλλὰ τῶν ἀναγκαίων ἄπειροί εἰσι· καὶ τὸ ἀξιοῦν αὑτὸν μεγάλων, μεγαλοψυχία· τοῦτο δ' εὐέλπιδος[4].

Καὶ μᾶλλον αἱροῦνται πράττειν τὰ καλὰ τῶν συμφερόντων[5]· τῷ γὰρ ἔθει[6] ζῶσι μᾶλλον, ἢ τῷ λογισμῷ. ἔστι δ' ὁ μὲν λογισμὸς, τοῦ συμφέροντος· ἡ δ' ἀρετὴ, τοῦ καλοῦ. Καὶ φιλόφιλοι καὶ φιλέταιροι μᾶλλον τῶν ἄλλων ἡλικιῶν, διὰ τὸ χαίρειν τῷ συζῆν[7], καὶ μήπω πρὸς τὸ συμφέρον κρίνειν μηδέν· ὥστε μηδὲ τοὺς φίλους[8].

Καὶ ἅπαντα ἐπὶ τὸ μᾶλλον καὶ σφοδρότερον ἁμαρ-

---

4. Un mot se trouve dans tous les traits signalés en ce second paragraphe, et les résume, l'espérance.

5. Τὰ συμφέροντα, les intérêts; τὰ διαφέροντα signifierait les avantages. Συμφέρειν, importer; διαφέρειν, l'emporter sur.

6. On ne confondra pas ἔθος (coutume, usage *consuetudo*) avec ἦθος, (habitude morale, caractère; pluriel ἤθη, *mores*). Les jeunes gens ne « calculent » pas (λογισμῷ) leur conduite; ils suivent leur « coutume » (ἔθει), qui vient de leur « caractère » (ἦθος) et qui constitue leurs mœurs (ἤθη).

7. Qui se ressemble s'assemble, dit le proverbe qui, d'ailleurs, se prend souvent en mauvaise part.

8. Le principe général des traits de ce troisième paragraphe est le désintéressement.

τάνουσι, παρὰ τὸ Χιλώνειον[9]· πάντα γὰρ ἄγαν πράττουσι· φιλοῦσί τε γὰρ ἄγαν, καὶ μισοῦσιν ἄγαν, καὶ τἄλλα πάντα ὁμοίως. Καὶ εἰδέναι πάντα οἴονται, καὶ διϊσχυρίζονται[10]· τοῦτο γὰρ αἴτιόν ἐστι καὶ τοῦ πάντα ἄγαν[11].

Καὶ τὰ ἀδικήματα ἀδικοῦσιν εἰς ὕβριν, καὶ οὐ κακουργίαν. Καὶ ἐλεητικοί, διὰ τὸ πάντας χρηστοὺς καὶ βελτίους ὑπολαμβάνειν· τῇ γὰρ αὐτῶν ἀκακίᾳ τοὺς πέλας μετροῦσιν· ὥστ᾽ ἀνάξια πάσχειν ὑπολαμβάνουσιν αὐτούς. Καὶ φιλογέλωτες· διὸ καὶ εὐτράπελοι[12]. Ἡ γὰρ εὐτραπελία πεπαιδευμένη ὕβρις ἐστί[13].

(Chap. XII[14].)

---

9. La maxime de Chilon, un des sept Sages de la Grèce était μηδὲν ἄγαν, *ne quid nimis*, rien de trop.

10. Ἰσχυρός, *firmus*, ferme. Ἰσχυρίζειν, *firmare*, affermir et affirmer. Διϊσχυρίζεσθαι, affirmer [pour soi] avec force. On voit l'analogie des verbes dans les trois langues.

11. Le défaut de modération, l'excès en tout domine dans les traits du quatrième paragraphe.

12. Enjoué (de εὖ, τρέπω, *verto*); qui a d'heureux *tours* d'esprit. Un correspondant de Cicéron, P. Volumnius, devait à son esprit le surnom d'Eutrapelus (Voyez Horace, *Ep.*, I, 18, vers 31).

13. L'honnêteté et la gaieté sont les derniers traits.

14. On sait qu'Horace (*A. P.*, 156-178), Régnier (*Sat.* V) qui a traduit Horace, et Boileau (*A. P.*, 375-388) qui l'a imité, ont fait la peinture des trois âges pour l'enseignement, non de l'orateur, mais du poète dramatique. — La jeunesse :

Imberbis juvenis, tandem custode remoto,
Gaudet equis canibusque et aprici gramine campi,
Cereus in vitium flecti, monitoribus asper,
Utilium tardus provisor, prodigus aeris,
Sublimis cupidusque et amata relinquere pernix. (Horace.)

Un jeune homme, toujours bouillant dans ses caprices,
Est prompt à recevoir l'impression des vices,
Est vain dans ses discours, volage en ses désirs,
Rétif à la censure et fou dans les plaisirs.
(Boileau).

Les portraits moraux peuvent être ou abstraits comme ceux d'Aristote; ou généraux, mais animés par un commencement de mise en scène, comme ceux de Théophraste (voyez page 29, note 3); ou particuliers, personnels et dramatisés comme ceux de La Bruyère ; ou revêtus des formes de l'éloquence et de l'éclat de l'imagination, comme le portrait de la jeunesse (dans le *Panégyrique de Saint Bernard*) où l'on reconnaîtra, développés, des traits empruntés à celui d'Aristote : « Vous dirai-je en ce lieu ce que c'est qu'un jeune homme de vingt-deux ans? Quelle ardeur, quelle impatience quelle impétuosité de désirs! Cette force, cette vigueur, ce sang chaud et bouillant, semblable à un vin fumeux, ne leur permet rien de rassis ni de modéré. Dans les âges suivants, on commence à prendre son pli, les passions s'appliquent à quelques objets, et alors celle qui domine ralentit du moins la fureur des autres; au lieu que cette verte jeunesse, n'ayant encore rien de fixe ni d'arrêté, en cela même qu'elle n'a point de passion dominante par dessus les autres, elle est emportée, elle est agitée tour à tour de toutes les tempêtes des passions, avec une incroyable violence. Là, les folles amours; là, le luxe, l'ambition et le vain désir de paraître exercent leur empire sans résistance. Tout s'y fait par une chaleur inconsidérée; et comment accoutumer à la règle, à la solitude, à la discipline, cet âge qui ne se plaît que dans le mouvement et dans le désordre, qui n'est presque jamais dans une action composée, « et qui n'a honte que de la modération et de la pudeur : *et pudet non esse impudentem?* »

« Certes, quand nous nous voyons penchant sur le retour de notre âge, que nous comptons déjà une longue suite de nos ans écoulés, que nos forces se diminuent, et que le passé occupant la partie la plus considérable de notre vie, nous ne tenons plus au monde que par un avenir incertain; ah! le présent ne nous touche plus guère. Mais la jeunesse qui ne songe pas que rien lui soit encore échappé, qui sent sa vigueur entière et présente, ne songe aussi qu'au présent et y attache toutes ses pensées. Dites-moi, je vous prie, celui qui croit avoir le présent tellement à soi, quand est-ce qu'il s'adonnera aux pensées sérieuses de l'avenir? Quelle apparence de quitter le monde, dans un âge où il ne se présente rien que de plaisant? Nous voyons toutes choses selon la disposition où nous sommes : de sorte que la jeunesse, qui semble n'être formée que pour la joie et pour les plaisirs, ah! elle ne trouve rien de fâcheux : tout lui rit, tout lui applaudit. Elle n'a point encore d'expérience des maux du monde, ni des traverses qui nous arrivent : de là vient qu'elle s'imagine qu'il n'y a point de dégoût, de disgrâce pour elle. Comme elle se sent forte et vigoureuse, elle bannit la crainte et tend les voiles de toutes parts à l'espérance qui l'enfle et qui la conduit.

« Vous le savez, fidèles, de toutes les passions la plus charmante, c'est l'espérance. C'est elle qui nous entretient et qui nous nourrit, qui adoucit toutes les amertumes de la vie; et souvent nous quitterions des biens effectifs, plutôt que de renoncer à nos espérances. Mais la jeunesse téméraire et mal avisée, qui présume toujours beaucoup, à cause qu'elle a peu expérimenté, ne voyant pas de difficulté dans les choses, c'est là que l'espérance est la plus véhémente et la plus hardie : si bien que les jeunes gens, enivrés de leurs espérances, croient tenir tout ce qu'ils poursuivent; toutes leurs imaginations leur paraissent des réalités. Ravis d'une certaine douceur de leurs prétentions infinies, ils s'imagineraient perdre infiniment, s'ils se départaient de leurs grands desseins; sur-

La vieillesse[1].

Οἱ δὲ πρεσβύτεροι, καὶ παρηκμακότες, σχεδὸν ἐκ τῶν ἐναντίων τούτοις τὰ πλεῖστα ἔχουσιν ἤθη. Διὰ γὰρ τὸ πολλὰ ἔτη βεβιωκέναι, καὶ πλείω ἐξηπατῆσθαι, καὶ ἡμαρτηκέναι, καὶ τὰ πλείω φαῦλα εἶναι τῶν πραγμάτων, οὔτε διαβεβαιοῦνται [2] οὐδέν, ἧττόν τε ἄγαν ἅπαντα, ἢ δεῖ. — Καὶ οἴονται, ἴσασι δὲ οὐδέν· καὶ ἀμφισβητοῦντες προστιθέασιν ἀεὶ τὸ « ἴσως » καὶ « τάχα »· καὶ πάντα λέγουσιν οὕτω, παγίως δὲ οὐδέν. — Καὶ κακοήθεις εἰσίν· ἔστι γὰρ κακοήθεια, τὸ ἐπὶ τὸ χεῖρον ὑπολαμβάνειν ἅπαντα. Ἔτι δὲ καχύποπτοί εἰσι, διὰ τὴν ἀπιστίαν· ἄπιστοι δὲ, δι' ἐμπειρίαν. Καὶ οὔτε φιλοῦσι σφόδρα, οὔτε μισοῦσι, διὰ ταῦτα· ἀλλὰ κατὰ τὴν Βίαντος ὑποθήκην, καὶ φιλοῦσιν ὡς μισήσοντες, καὶ μισοῦσιν ὡς φιλήσοντες [3]. — Καὶ μικρόψυχοι, διὰ τὸ τεταπεινῶσθαι ὑπὸ τοῦ βίου· οὐδενὸς γὰρ μεγάλου, οὐδὲ περιττοῦ, ἀλλὰ τῶν πρὸς τὸν βίον ἐπιθυμοῦσι [4].

Καὶ ἀνελεύθεροι [5]· ἓν γάρ τι τῶν ἀναγκαίων ἡ οὐσία·

---

tout les personnes de condition, qui, étant élevées dans un certain esprit de grandeur, et bâtissant toujours sur les honneurs de leur maison et de leurs ancêtres, se persuadent facilement qu'il n'y a rien à quoi elles ne puissent prétendre ».

1. Si Aristote fait suivre le portrait de la jeunesse de celui de la vieillesse au lieu de les séparer, ce qui eût été logique, par celui de l'âge mûr qui conduit de l'une à l'autre, c'est qu'il est intéressant de faire ressortir par un voisinage immédiat les contrastes nombreux qu'il va signaler entre elles, et qu'arrivé au portrait de l'âge mûr, il n'aura plus qu'à constater, pour le caractériser, qu'il s'éloigne également des « excès » des deux autres.

2. Même sens que διϊσχυρίζονται (voyez p. 42, n. 10). Ἰσχυρὸς et βέβαιος ont des sens analogues.

3. « Précepte abominable, dit MONTAIGNE, en cette souveraine et maîtresse amitié... » (celle qui l'unissait à La Boétie.)

4. Les tristesses de l'expérience, les désillusions de la vie, expliquent, dans ce paragraphe, les premiers traits du caractère des vieillards.

5. Voyez sur ce mot page 14, note 1.

ἅμα δὲ καὶ διὰ τὴν ἐμπειρίαν ἴσασιν, ὡς χαλεπὸν τὸ κτήσασθαι, καὶ ῥᾴδιον τὸ ἀποβαλεῖν. — Καὶ δειλοί, καὶ πάντα προφοβητικοί· ἐναντίως γὰρ διάκεινται τοῖς νέοις· κατεψυγμένοι γάρ εἰσιν· οἱ δὲ, θερμοί. Ὥστε προωδοπεποίηκε τὸ γῆρας τῇ δειλίᾳ· καὶ γὰρ ὁ φόβος κατάψυξίς τίς ἐστι. — Καὶ φιλόζωοι, καὶ μάλιστα ἐπὶ τῇ τελευταίᾳ ἡμέρᾳ, διὰ τὸ τοῦ ἀπόντος εἶναι τὴν ἐπιθυμίαν· καὶ οὗ ἐνδεεῖς, τούτου μάλιστα ἐπιθυμοῦσι. — Καὶ φίλαυτοι[6] μᾶλλον, ἢ δεῖ· μικροψυχία γάρ τις καὶ αὕτη. Καὶ πρὸς τὸ συμφέρον ζῶσιν, ἀλλ' οὐ πρὸς τὸ καλὸν, μᾶλλον ἢ δεῖ, διὰ τὸ φίλαυτοι εἶναι· τὸ μὲν γὰρ συμφέρον, αὐτῷ ἀγαθόν ἐστι· τὸ δὲ καλὸν, ἁπλῶς. — Καὶ ἀναίσχυντοι μᾶλλον, ἢ αἰσχυντηλοί· διὰ γὰρ τὸ μὴ φροντίζειν ὁμοίως τοῦ καλοῦ καὶ τοῦ συμφέροντος, ὀλιγωροῦσι τοῦ δοκεῖν[7].

Καὶ δυσέλπιδες, διὰ τὴν ἐμπειρίαν· τὰ γὰρ πλεῖστα τῶν πραγμάτων φαῦλά ἐστιν· ἀποβαίνει γοῦν τὰ πολλὰ ἐπὶ τὸ χεῖρον· καὶ ἔτι διὰ τὴν δειλίαν. Καὶ ζῶσι τῇ μνήμῃ μᾶλλον, ἢ τῇ ἐλπίδι· τοῦ γὰρ βίου τὸ μὲν λοιπὸν, ὀλίγον· τὸ δὲ παρεληλυθὸς, πολύ· ἔστι δὲ ἡ μὲν ἐλπὶς, τοῦ μέλλοντος· ἡ δὲ μνήμη, τῶν παροιχομένων. Ὅπερ αἴτιον καὶ τῆς ἀδολεσχίας αὐτοῖς· διατελοῦσι γὰρ τὰ γενόμενα λέγοντες· ἀναμιμνησκόμενοι γὰρ ἥδονται[8].

Καὶ οἱ θυμοὶ, ὀξεῖς μέν εἰσιν, ἀσθενεῖς δέ. Καὶ αἱ ἐπιθυμίαι, αἱ μὲν ἐκλελοίπασιν, αἱ δὲ ἀσθενεῖς. Ὥστ' οὔτε ἐπιθυμητικοὶ, οὔτε πρακτικοὶ κατὰ τὰς ἐπιθυμίας, ἀλλὰ κατὰ τὸ κέρδος· διὸ σώφρονικοὶ φαίνονται οἱ τηλι-

6. D'autres lisent φιλαίτιοι, qui aime à se plaindre.

7. Les traits notés dans ce second paragraphe procèdent de l'égoïsme.

8. Tels Nestor dans l'*Iliade*, Évandre au VIIIe livre de l'*Énéide*. — L'espérance fait défaut à la vieillesse : tel est le thème général de ce paragraphe.

κοῦτοι [9]· αἵ τε γὰρ ἐπιθυμίαι ἀνείκασι καὶ δουλεύουσι τῷ κέρδει. — Καὶ μᾶλλον ζῶσι κατὰ λογισμὸν, ἢ κατὰ τὸ ἦθος· ὁ μὲν γὰρ λογισμὸς [10], τοῦ συμφέροντος· τὸ δὲ ἦθος, τῆς ἀρετῆς ἐστι. — Καὶ τὰ ἀδικήματα ἀδικοῦσιν εἰς κακουργίαν, οὐκ εἰς ὕβριν. — Ἐλεητικοὶ δὲ καὶ οἱ γέροντές εἰσιν, ἀλλ' οὐ διὰ ταὐτὸ τοῖς νέοις· οἱ μὲν γὰρ, διὰ φιλανθρωπίαν· οἱ δὲ, δι' ἀσθένειαν. Πάντα γὰρ οἴονται ἐγγὺς εἶναι αὐτοῖς παθεῖν· τοῦτο δ' ἦν ἐλεητικοῦ. Ὅθεν ὀδυρτικοί εἰσι, καὶ οὐκ εὐτράπελοι, οὐδὲ φιλογέλοιοι· ἐναντίον γὰρ τὸ ὀδυρτικὸν τῷ φιλογέλωτι [11].

(Chap. XIII[12].)

L'âge viril [1].

Οἱ δὲ ἀκμάζοντες [2], φανερὸν ὅτι μεταξὺ τούτων τὸ ἦθος ἔσονται, ἑκατέρων ἀφαιροῦντες τὴν ὑπερβολήν· καὶ οὔτε σφόδρα θαῤῥοῦντες· θρασύτης γὰρ τὸ τοιοῦτον· οὔτε λίαν φοβούμενοι, καλῶς δὲ πρὸς ἄμφω ἔχοντες. — Οὔτε πᾶσι πιστεύοντες, οὔτε πᾶσιν ἀπιστοῦντες, ἀλλὰ κατὰ τὸ ἀληθὲς κρίνοντες μᾶλλον. — Καὶ οὔτε πρὸς τὸ καλὸν ζῶντες μόνον, οὔτε πρὸς τὸ συμφέρον, ἀλλὰ πρὸς ἄμφω. — Καὶ οὔτε πρὸς φειδῶ, οὔτε πρὸς ἀσωτίαν, ἀλλὰ

---

9. Τηλικοῦτοι (les gens de cet âge) n'a pas d'équivalent en latin; tandis que τοιοῦτος a pour équivalent *talis*, τοσοῦτος *tantus*, τοσοῦτοι *tot*.

10. Calcul. *Ratio*, équivalent de λόγος, signifie aussi calcul.

11. Faiblesse et froideur résument ce dernier paragraphe.

12. Multa senem circumveniunt incommodo. [vel quod
Quærit et inventis miser abstinet ac timet [uti,
Vel quod res omnes cautè timidèque mi- [nistrat.
Dilator, spe longus, iners, avidusque futuri,
Difficilis, querulus, laudator temporis acti
Se puero, censor castigatorque minorum;
(Horace).

La vieillesse chagrine incessamment amasse.
Garde, non pas pour soi, les trésors qu'elle [entasse;
Marche, en tous ses desseins, d'un pas lent [et glacé;
Toujours plaint le présent et vante le passé;
Inhabile aux plaisirs dont la jeunesse abuse,
Blâme en eux les douceurs que l'âge lui [refuse. (Boileau).

1. Ou âge « mûr », ou âge de l'homme « fait ».

2. De ἀκμή, pointe, point culminant; d'où, point de la maturité.

πρὸς τὸ ἁρμόττον. — Ὁμοίως δὲ καὶ πρὸς θυμὸν, καὶ πρὸς ἐπιθυμίαν. Καὶ σώφρονες μετὰ ἀνδρείας, καὶ ἀνδρεῖοι μετὰ σωφροσύνης· ἐν γὰρ τοῖς νέοις καὶ τοῖς γέρουσι διῄρηται ταῦτα· εἰσὶ γὰρ οἱ μὲν νέοι, ἀνδρεῖοι καὶ ἀκόλαστοι· οἱ δὲ πρεσβύτεροι, σώφρονες καὶ δειλοί.

Ὡς δὲ καθόλου εἰπεῖν, ὅσα μὲν διῄρηται ἡ νεότης καὶ τὸ γῆρας τῶν ὠφελίμων, ταῦτα ἄμφω ἔχουσιν· ὅσα δ' ὑπερβάλλουσιν ἢ ἐλλείπουσι, τούτων τὸ μέτριον καὶ τὸ ἅρμοττον. Ἀκμάζει δὲ τὸ μὲν σῶμα, ἀπὸ τῶν τριάκοντα ἐτῶν, μέχρι τῶν πέντε καὶ τριάκοντα· ἡ δὲ ψυχὴ, περὶ τὰ ἑνὸς δεῖν πεντήκοντα[3].

(Chap. XIV[4].)

3. *Des mœurs qui tiennent à la fortune* (condition) (κατὰ τὰς τύχας).

Περὶ δὲ τῶν ἀπὸ τύχης γιγνομένων ἀγαθῶν, δι' ὅσα αὐτῶν, καὶ τὰ ἤθη ποῖα ἄττα συμβαίνει τοῖς ἀνθρώποις, λέγωμεν ἐφεξῆς.

---

3. « Il ne faut pas s'étonner si Aristote fixe précisément à la 49e année le moment où l'esprit de l'homme est dans toute sa force. La 49e année est une année climatérique, le nombre 49 étant un multiple de 7. » (Note de N. Bonafous.) [*Climatérique*, qui appartient à un des âges de la vie considérés comme critiques. An ou année climatérique : c'étaient, suivant les uns, toutes les années de la vie de l'homme qui sont des multiples du nombre de 7.... (Littré)]. — « Jusqu'à 7 ans l'homme est παίδιον ; jusqu'à 14, παῖς ; jusqu'à 21, μειράκιον ; jusqu'à 28, νεανίσκος ; jusqu'à 35, ἀνήρ. Viennent ensuite les âges appelés ἄκμη, παράκμη, ὠμόγηρας, et enfin γῆρας. » (Note de M. Ch. E. Ruelle, d'après une scolie anonyme sur la *Métaphysique* d'Aristote).

4. Conversis studiis, ætas animusque virilis
Quærit opes et amicitias, inservit honori,
Commisisse cavet quod mox mutare laboret.
(Horace.)
L'âge viril, plus mûr, inspire un air plus [sage,
Se pousse auprès des grands, s'intrigue, se [ménage,
Contre les coups du sort songe à se main- [tenir,
Et loin dans le présent regarde l'avenir.
(Boileau.)

Les nobles.

Εὐγενείας μὲν οὖν ἦθός ἐστι, τὸ φιλοτιμότερον εἶναι τὸν κεκτημένον αὐτήν· πάντες γὰρ, ὅταν ὑπάρχῃ τι, πρὸς τοῦτο σωρεύειν[1] εἰώθασιν· ἡ δὲ εὐγένεια, ἐντιμότης προγόνων ἐστί. Καὶ καταφρονητικὸν, καὶ τῶν ὁμοίων τοῖς προγόνοις τοῖς αὐτῶν· διότι πόῤῥω ταῦτα μᾶλλον, ἢ ἐγγὺς γιγνόμενα, ἐντιμότερα καὶ εὐαλαζόνευτα. Ἔστι δὲ εὐγενὲς μὲν, κατὰ τὴν τοῦ γένους ἀρετήν· γενναῖον[2] δὲ, κατὰ τὸ μὴ ἐξίστασθαι ἐκ τῆς φύσεως· ὅπερ ὡς ἐπὶ τὸ πολὺ οὐ συμβαίνει τοῖς εὐγενέσιν, ἀλλ' εἰσὶν οἱ πολλοὶ εὐτελεῖς[3]. Φορὰ γάρ τίς ἐστιν ἐν τοῖς γένεσιν ἀνδρῶν, ὥσπερ ἐν τοῖς κατὰ τὰς χώρας γιγνομένοις· καὶ ἐνίοτε, ἂν ᾖ ἀγαθὸν τὸ γένος, ἐγγίγνονται διά τινος χρόνου ἄνδρες περιττοί[4]· κἄπειτα πάλιν ἀναδίδωσιν. Ἐξίσταται δὲ, τὰ μὲν εὐφυᾶ γένη εἰς μανικώτερα ἤθη· οἷον οἱ ἀπ' Ἀλκιβιάδου καὶ οἱ ἀπὸ Διονυσίου τοῦ προτέρου· τὰ δὲ στάσιμα, εἰς ἀβελτηρίαν καὶ νωθρότητα· οἷον οἱ ἀπὸ Κίμωνος, καὶ Περικλέους, καὶ Σωκράτους.

(Chap. XV.)

---

1. Σωρεύειν, entasser, amonceler. Cette image se retrouve dans une phrase de Bossuet qui exprime la même idée : « .... *bâtissant* sur les honneurs de leur maison.... » (fin du portrait de la jeunesse, page 44).

2. Τὸ εὐγενές est la noblesse du sang, τὸ γενναῖον celle du cœur, la seconde réputée être une conséquence, un privilège, de la première. Cf. page 14, note 1.

3. Τέλος, fin, résultat, etc., arrive à prendre les sens de revenus, dépenses, frais, impôts, cens. D'où le sens de εὐτελής, qui est à *bon* (εὖ) marché, à vil prix ; au sens moral, vil, et, très familièrement, qui ne vaut pas cher.

4. Exactement, hommes *supérieurs*. Περὶ en composition a le double sens de *autour* et de *au-dessus*.

Les riches.

Τῷ δὲ πλούτῳ ἃ ἕπεται ἤθη, ἐπιπολῆς ἐστιν ἰδεῖν ἅπασιν.

Ὑβρισταὶ γὰρ καὶ ὑπερήφανοι, πάσχοντές τι[1] ὑπὸ τῆς κτήσεως τοῦ πλούτου. Ὥσπερ γὰρ ἔχοντες ἅπαντα τ' ἀγαθὰ, οὕτω διάκεινται. Ὁ γὰρ πλοῦτος, οἷον τιμὴ τίς ἐστι τῆς ἀξίας τῶν ἄλλων· διὸ φαίνεται πάντα ὤνια εἶναι αὐτοῦ. — Καὶ τρυφεροὶ καὶ σαλάκωνες· τρυφεροὶ μὲν, διὰ τὴν τρυφὴν, καὶ τὴν ἔνδειξιν τῆς εὐδαιμονίας· σαλάκωνες δὲ καὶ σόλοικοι[2], διὰ τὸ πάντας εἰωθέναι διατρίβειν περὶ τὸ ἐρώμενον καὶ θαυμαζόμενον ὑπ' αὐτῶν, καὶ τὸ οἴεσθαι ζηλοῦν τοὺς ἄλλους, ἃ καὶ αὐτοί. Ἅμα δὲ καὶ εἰκότως τοῦτο πάσχουσι· πολλοὶ γάρ εἰσιν οἱ δεόμενοι τῶν ἐχόντων. Ὅθεν καὶ τὸ Σιμωνίδου εἴρηται περὶ τῶν σοφῶν καὶ πλουσίων, πρὸς τὴν γυναῖκα τὴν Ἱέρωνος, ἐρομένην, πότερον γενέσθαι κρεῖττον πλούσιον, ἢ σοφόν; πλούσιον εἰπεῖν· τοὺς γὰρ σοφοὺς ὁρᾷν ἐπὶ ταῖς τῶν πλουσίων θύραις, ἔφη, διατρίβοντας[3]. — Καὶ τὸ οἴεσθαι ἀξίους εἶναι ἄρχειν· ἔχειν γὰρ οἴονται, ὧν ἕνεκεν ἄξιον ἄρχειν. Καὶ, ὡς ἐν κεφαλαίῳ, ἀνοήτου εὐδαίμονος ἤθους ὁ πλοῦτός ἐστι. — Διαφέρει δὲ τοῖς νεωστὶ κεκτημένοις[4] καὶ τοῖς πάλαι τὰ ἤθη, τῷ ἅπαντα

---

1. Ils le doivent en partie (τι) à l'acquisition de la richesse; ou, c'est en partie l'effet de...; ou, ils sont ce que les fait l'acquisition de...

2. Σόλοικος, proprement fautif, incorrect (en matière de langage; même étymologie que *solécisme*, langage corrompu d'une colonie d'Athéniens établie à Soles en Cilicie); — et ici, au figuré, absurde, sot.

3. Tout autre est la réponse d'Aristippe à Denys : « Pourquoi voit-on les philosophes faire la cour aux riches, et non les riches aux philosophes? — C'est que ceux-ci savent de qui ils ont besoin, et que les autres ignorent ceux qui leur sont nécessaires. » (Cité par M. N. Bonafous, d'après Diogène Laërce, *Vie d'Aristippe*.)

4. Ce que nous appelons les « parvenus ».

μᾶλλον καὶ φαυλότερα τὰ κακὰ ἔχειν τοὺς νεοπλούτους· ὥσπερ γὰρ ἀπαιδευσία πλούτου ἐστὶ τὸ νεόπλουτον εἶναι. — Καὶ ἀδικήματα ἀδικοῦσιν οὐ κακουργικά, ἀλλὰ τὰ μὲν ὑβριστικά, τὰ δὲ ἀκρατευτικά· οἷον εἰς αἰκίαν καὶ μοιχείαν.

(Chap. XVI.)

Les puissants.

Ὁμοίως δὲ καὶ περὶ δυνάμεως σχεδὸν τὰ πλεῖστα φανερά ἐστιν ἤθη· τὰ μὲν γάρ, τὰ αὐτὰ ἔχει ἡ δύναμις τῷ πλούτῳ· τὰ δὲ βελτίω.

Φιλοτιμότεροι γὰρ καὶ ἀνδρωδέστεροί εἰσι τὰ ἤθη οἱ δυνάμενοι τῶν πλουσίων, διὰ τὸ ἐφίεσθαι ἔργων, ὅσα ἐξουσία αὐτοῖς πράττειν διὰ τὴν δύναμιν. — Καὶ σπουδαστικώτεροι, διὰ τὸ ἐν ἐπιμελείᾳ εἶναι, ἀναγκαζόμενοι σκοπεῖν τὰ περὶ τὴν δύναμιν. — Καὶ σεμνότεροι ἢ βαρύτεροι· ποιεῖ γὰρ ἐμφανεστέρους τὸ ἀξίωμα· διὸ μετριάζουσιν· ἔστι δὲ ἡ σεμνότης, μαλακὴ καὶ εὐσχήμων βαρύτης. — Καὶ ἐὰν ἀδικῶσιν, οὐ μικραδικηταί εἰσιν, ἀλλὰ μεγαλάδικοι.

(Chap. XVII.)

VII. De deux formes d'arguments, l'« exemple », l'« enthymème[1] ».

Λοιπὸν δὲ περὶ τῶν κοινῶν πίστεων ἅπασιν εἰπεῖν,

1. Tout raisonnement (συλλόγισμος) est : ou *inductif* (*inducere*, conduire à), et conduit des cas particuliers à une conséquence générale ; ou *déductif* (*deducere*, tirer de), et tire d'un principe général une application particulière. L'argumentation oratoire usera du premier sous la forme et le nom d'*exemple* παράδειγμα), et du second sous le nom de *enthymème*(ἐνθύμημα.) (Καλῶ παράδειγμα ἐπαγωγὴν ῥητορικήν, ἐνθύμημα δὲ ῥητορικὸν

ἐπείπερ εἴρηται περὶ τῶν ἰδίων[2]. Εἰσὶ δ' αἱ κοιναὶ πίστεις δύο τῷ γένει, παράδειγμα καὶ ἐνθύμημα· ἡ γὰρ γνώμη μέρος ἐνθυμήματός ἐστι.

1. *De l'exemple* (παράδειγμα).

Παραδειγμάτων δ' εἴδη δύο ἐστίν· ἓν μὲν γάρ ἐστι παραδείγματος εἶδος, τὸ λέγειν πράγματα προγεγενημένα· ἓν δὲ, τὸ αὐτὸν ποιεῖν[1]. Τούτου δ' ἓν μέν, παραβολή[2]· ἓν δὲ, λόγοι[3], οἷον οἱ Αἰσώπειοι.

1. — Ἔστι δὲ τὸ μὲν παράδειγμα τοιόνδε τι, ὥσπερ εἴ τις λέγοι, ὅτι δεῖ πρὸς βασιλέα παρασκευάζεσθαι, καὶ μὴ ἐᾷν Αἴγυπτον χειρώσασθαι· καὶ γὰρ πρότερον Δαρεῖος οὐ πρότερον διέβη[4], πρὶν Αἴγυπτον λαβεῖν· λαβὼν

συλλογισμόν, I, chap. 2). L'enthymème est essentiellement l'instrument de la démonstration (Ἡ πίστις ἀπόδειξίς τίς ἐστι· ἔστι δ' ἀπόδειξις ῥητορικὴ ἐνθύμημα· καὶ ἔστι τοῦτο κυριώτατον τῶν πίστεων, I, chap. 1.) — En dehors de ces moyens de démonstration, il n'y a rien (παρὰ ταῦτα οὐδέν πως, I, chap. 2.) — L'enthymème se tire des idées vraisemblables, plausibles, qui sont dans l'esprit (ἐν θύμῳ) de l'auditeur comme un fonds admis (ἐξ ὁμολογουμένων συνάγει, *conclut*, I, chap. 22). De là la possibilité de les résumer en des sentences (γνώμη) incontestées. — Le fait et l'art de l'orateur est d'en tirer par le développement du discours les conséquences applicables à son sujet particulier.

Il n'est pas inutile de remarquer, à ce propos, que dans le vocabulaire technique des *Rhétoriques* classiques le mot *enthymème* a changé d'acception : c'est un nom réservé à un syllogisme tronqué dont une des trois propositions constitutives, facilement suppléable, n'est pas exprimée : elle « reste dans l'esprit ». Dans cette acception, l'enthymème ou garde, sauf la suppression qui le caractérise, la forme purement syllogistique : Critias a tué, donc il est criminel ; sous-ent., un meurtre est un crime ; — ou prend une forme littéraire et oratoire : Il n'est pas condamné, puisqu'on veut le confondre (RACINE, *Bajazet*).

2. Dans le premier livre, à propos des trois genres de discours.

1. Le « créer soi-même », l'inventer.

2. Parabole, comparaison (παραβάλλειν, mettre à côté, rapprocher).

3. Récits [inventés], fables, apologues.

4. Ne traversa pas, ne passa

δὲ, διέβη. Καὶ πάλιν, Ξέρξης οὐ πρότερον ἐπεχείρησε, πρὶν ἢ ἔλαβε· λαβὼν δὲ, διέβη· ὥστε καὶ οὗτος, ἂν λάβη, διαβήσεται· διὸ οὐκ ἐπιτρεπτέον.

2. — Παραβολὴ δὲ τὰ Σωκρατικά· οἷον εἴ τις λέγοι, ὅτι οὐ δεῖ τοὺς κληρωτοὺς ἄρχειν· ὅμοιον γὰρ, ὥσπερ εἴ τις τοὺς ἀθλητὰς κληροίη, μὴ οἳ ἂν δύνωνται ἀγωνίζεσθαι, ἀλλ' οἳ ἂν λάχωσιν· ἢ τῶν πλωτήρων ὅντινα δεῖ κυβερνᾶν κληρώσειεν, ὡς δέον τὸν λαχόντα, ἀλλὰ μὴ τὸν ἐπιστάμενον.

3. — Λόγος δὲ, οἷος ὁ Στησιχόρου πρὸς Φάλαριν, καὶ Αἰσώπου ὑπὲρ τοῦ δημαγωγοῦ.

Στησίχορος μὲν γὰρ, ἑλομένων στρατηγὸν αὐτοκράτορα τῶν Ἱμεραίων Φάλαριν, καὶ μελλόντων φυλακὴν διδόναι τοῦ σώματος, τἄλλα διαλεχθεὶς, εἶπεν αὐτοῖς λόγον· « Ὡς ἵππος κατεῖχε λειμῶνα μόνος· ἐλθόντος δ' ἐλάφου, καὶ διαφθείροντος τὴν νομὴν, βουλόμενος τιμωρήσασθαι τὸν ἔλαφον, ἠρώτα τιν' ἄνθρωπον, εἰ δύναιτο μετ' αὐτοῦ κολάσαι τὸν ἔλαφον. Ὁ δ' ἔφησεν, ἐὰν λάβῃ χαλινὸν, καὶ αὐτὸς ἀναβῇ ἐπ' αὐτὸν, ἔχων ἀκόντια. Συνομολογήσαντος δὲ καὶ ἀναβάντος, ἀντὶ τοῦ τιμωρήσασθαι, αὐτὸς ἐδούλευσεν ἤδη τῷ ἀνθρώπῳ. Οὕτω δὲ καὶ ὑμεῖς, ἔφη, ὁρᾶτε, μὴ, τοὺς πολεμίους βουλόμενοι τιμωρήσασθαι, ταὐτὸ πάθητε τῷ ἵππῳ· τὸν μὲν γὰρ χαλινὸν ἤδη ἔχετε, ἑλόμενοι στρατηγὸν αὐτοκράτορα· ἐὰν δὲ φυλακὴν δῶτε, καὶ ἀναβῆναι ἐάσητε, δουλεύσετε ἤδη Φαλάριδι [5]. »

Αἴσωπος δὲ ἐν Σάμῳ συνηγορῶν δημαγωγῷ κρινο-

---

pas (suppléez « en Grèce ») avant.... Même sous-entendu dans la suite de l' « exemple. »

5. A *un* Phalaris. — Cf. Horace, *Ep.*, I, 10, 34 sqq. :

Cervus equum pugnâ melior communibus [herbis
Pellebat, donec minor in certamine longo
Imploravit opes hominis, frenumque recepit.
Sed postquam victor violens discessit ab hoste,
Non equitem dorso, non frenum depulit ore.

Et La Fontaine, *Fables*, IV, 13.

μένῳ περὶ θανάτου, ἔφη « Ἀλώπεκα διαβαίνουσαν ποταμὸν ἀπωσθῆναι εἰς φάραγγα· οὐ δυναμένην δὲ ἐκβῆναι, πολὺν χρόνον κακοπαθεῖν, καὶ κυνοραϊστὰς πολλοὺς ἔχεσθαι αὐτῆς· ἐχῖνον δὲ πλανώμενον, ὡς εἶδεν αὐτὴν, κατοικτείραντα ἐρωτᾷν, εἰ ἀφέλοι αὐτῆς τοὺς κυνοραϊστάς· τὴν δὲ οὐκ ἐᾷν· ἐρομένου δὲ, διὰ τί, φάναι, ὅτι οὗτοι μὲν πλήρεις μου ἤδη εἰσὶ, καὶ ὀλίγον ἕλκουσιν αἷμα· ἐὰν δὲ τούτους ἀφέλῃ, ἕτεροι ἐλθόντες πεινῶντες, ἐκπιοῦνταί μου τὸ λοιπὸν αἷμα. Ἀτὰρ οὖν καὶ ὑμᾶς, ἔφη, ὦ ἄνδρες Σάμιοι, οὗτος μὲν οὐδὲν ἔτι βλάπτει· πλούσιος γάρ ἐστιν· ἐὰν δὲ τοῦτον ἀποκτείνητε, ἕτεροι ἥξουσι πένητες, οἳ ὑμῖν ἀναλώσουσι τὰ κοινὰ κλέπτοντες. »

Εἰσὶ δ' οἱ λόγοι δημηγορικοὶ, καὶ ἔχουσιν ἀγαθὸν τοῦτο, ὅτι πράγματα[6] μὲν εὑρεῖν ὅμοια γεγενημένα, χαλεπόν· λόγους δὲ, ῥᾷον. Ποιῆσαι γὰρ δεῖ ὥσπερ καὶ παραβολὰς, ἄν τις δύνηται τὸ ὅμοιον ὁρᾷν, ὅπερ ῥᾷόν ἐστιν ἐκ φιλοσοφίας. Ῥᾴω μὲν οὖν πορίσασθαι τὰ διὰ τῶν λόγων· χρησιμώτερα δὲ πρὸς τὸ βουλεύσασθαι, τὰ διὰ τῶν πραγμάτων· ὅμοια γὰρ ὡς ἐπὶ τὸ πολὺ τὰ μέλλοντα τοῖς γεγονόσι.

(Chap. XX)

2. *De la sentence.*

(Partie de « l'enthymème »).

Ἁρμόττει[1] δὲ γνωμολογεῖν, ἡλικίᾳ μὲν πρεσβύτερον· περὶ δὲ τούτων, ὧν ἔμπειρός τις ἐστίν. Ὡς τὸ μὲν μὴ τηλικοῦτον ὄντα γνωμολογεῖν, ἀπρεπὲς, ὥσπερ καὶ τὸ μυθολογεῖν· τὸ δὲ περὶ ὧν ἄπειρος, ἠλίθιον καὶ ἀπαί-

---

6. Πράγματα, les faits réels, sujets des exemples, par opposition à λόγους, récits, sujets des fables.

1. *Convenit*, il est à propos.

δευτον. Σημεῖον δ' ἱκανόν· οἱ γὰρ ἀγροῖκοι μάλιστα γνωμοτύποι εἰσὶ, καὶ ῥᾳδίως ἀποφαίνονται.

Χρῆσθαι δὲ δεῖ καὶ ταῖς τεθρυλλημέναις καὶ κοιναῖς γνώμαις, ἂν ὦσι χρήσιμοι· διὰ γὰρ τὸ εἶναι κοιναὶ, ὡς ὁμολογούντων ἁπάντων, ὀρθῶς ἔχειν δοκοῦσιν· οἷον παρακαλοῦντι εἰς τὸ κινδυνεύειν μὴ θυσαμένους,

Εἷς οἰωνὸς ἄριστος, ἀμύνεσθαι περὶ πάτρης[2]·

καὶ ἐπὶ τὸ ἥττους ὄντας,

Ξυνὸς ἐνυάλιος[3].

Δεῖ δὲ τὰς γνώμας λέγειν, καὶ παρὰ τὰ δεδημοσιευμένα· λέγω δὲ δεδημοσιευμένα, οἷον τὸ Γνῶθι σαυτόν· καὶ τὸ Μηδὲν ἄγαν· ὅταν ἢ τὸ ἦθος φαίνεσθαι μέλλοι βέλτιον[4], ἢ παθητικῶς εἰρημένον ἐστίν. Ἔστι δὲ, παθητικῶς μὲν, εἴ τις ὀργιζόμενος φαίη ψεῦδος εἶναι, ὡς δεῖ γιγνώσκειν αὑτόν· οὗτος γοῦν εἰ ἐγίγνωσκεν αὑτὸν, οὐκ ἄν ποτε στρατηγεῖν ἠξίωσε. Τὸ δὲ ἦθος βέλτιον, ὅτι οὐ δεῖ, ὥσπερ φασὶ, φιλεῖν ὡς μισήσοντα, ἀλλὰ μᾶλλον μισεῖν ὡς φιλήσοντα. Καὶ οὐδὲ τὸ, μηδὲν ἄγαν· δεῖ γὰρ τούς τε κακοὺς ἄγαν μισεῖν.

Ἔχουσι δὲ γνῶμαι εἰς τοὺς λόγους βοήθειαν μεγάλην, μίαν μὲν δὴ, διὰ τὴν φορτικότητα τῶν ἀκροατῶν· χαίρουσι γὰρ, ἐάν τις, καθόλου λέγων, ἐπιτύχῃ τῶν δοξῶν ἃς ἐκεῖνοι κατὰ μέρος ἔχουσιν. Ἡ μὲν γὰρ γνώμη καθόλου ἀπόφανσίς ἐστι· χαίρουσι δὲ καθόλου λεγομένου, ὃ κατὰ μέρος προϋπολαμβάνοντες τυγχάνουσιν. Ὥστε δεῖ στοχάζεσθαι, πῶς τυγχάνουσι, ποῖα προϋ-

2. Homère, *Iliade*, XII, 243.

3. Dit Hector aux Troyens (Homère, *Iliade*, XVIII, 309) : *Mars communis est.* (Ξυνός en poésie ; κοινός en prose. Ἐνυώ, Bellone, d'où le surnom de Mars). Dieu pour tous, a-t-on dit aussi.

4. On voit encore ici la préoccupation des « mœurs oratoires »

πολαμβάνοντες· εἶθ' οὕτω περὶ τούτων καθόλου λέγειν. — Ταύτην δὲ δεῖ μίαν χρῆσιν ἔχειν τὸ γνωμολογεῖν, καὶ ἑτέραν κρείττω· ἠθικοὺς γὰρ ποιεῖ τοὺς λόγους. Ἦθος δ' ἔχουσι λόγοι, ἐν ὅσοις δήλη ἡ προαίρεσις[5]. Αἱ δὲ γνῶμαι πᾶσαι τοῦτο ποιοῦσι, διὰ τὸ ἀποφαίνεσθαι τὸν τὴν γνώμην λέγοντα καθόλου περὶ τῶν προαιρετῶν· ὥστ' ἂν χρησταὶ ὦσιν αἱ γνῶμαι, καὶ χρηστοήθη φαίνεσθαι ποιοῦσι τὸν λέγοντα.

(Chap. XXI).

3. *De l'enthymème.*

Que la première source de l'enthymème doit être le sujet lui-même.

Πρῶτον μὲν οὖν δεῖ λαβεῖν[1], ὅτι περὶ οὗ δεῖ λέγειν καὶ συλλογίζεσθαι, εἴτε πολιτικῷ συλλογισμῷ, εἴθ' ὁποιῳοῦν, ἀναγκαῖον κατὰ τούτου ἔχειν τὰ ὑπάρχοντα, ἢ πάντα, ἢ ἔνια· μηδὲν γὰρ ἔχων, ἐξ οὐδενὸς ἂν ἔχοις συνάγειν[2].

Λέγω δέ, οἷον, πῶς ἂν δυναίμεθα συμβουλεύειν Ἀθηναίοις, εἰ πολεμητέον, ἢ μὴ πολεμητέον, μὴ ἔχοντες τίς ἡ δύναμις αὐτῶν, πότερον ναυτική, ἢ πεζική, ἢ ἄμφω· καὶ αὕτη πόση· καὶ πρόσοδοι τίνες· ἢ φίλοι, καὶ ἐχθροί· ἔτι δέ, τίνας πολέμους πεπολεμήκασι, καὶ πῶς, καὶ τἄλλα τὰ τοιαῦτα[3]; καὶ ἐπαινεῖν, εἰ μὴ ἔχοιμεν τὴν ἐν Σαλαμῖνι ναυμαχίαν, ἢ τὴν ἐν Μαραθῶνι μάχην, ἢ τὰ ὑπὲρ Ἡρακλειδῶν[4] πραχθέντα, ἢ ἄλλο τι τῶν

5. « Ont ce caractère moral tous les discours qui manifestent la moralité de l'orateur. »

3-1. Sur le sens de ce mot voyez page 7, note 1.

2. Conclure.

3. Cf. page 8.

4. Voyez Isocrate, *Panégyrique*, XV, et Euripide, *Les Héraclides*.

τοιούτων ; Ἐκ γὰρ τῶν ὑπαρχόντων, ἢ δοκούντων ὑπάρχειν καλῶν, ἐπαινοῦσι πάντες.

Ὁμοίως δὲ καὶ ψέγουσιν ἐκ τῶν ἐναντίων, σκοποῦντες τί ὑπάρχει τοιοῦτον αὐτοῖς, ἢ δοκεῖ ὑπάρχειν· οἷον, ὅτι τοὺς Ἕλληνας κατεδουλώσαντο, καὶ τοὺς πρὸς τὸν βάρβαρον συμμαχεσαμένους καὶ ἀριστεύσαντας ἠνδραποδίσαντο Αἰγινήτας καὶ Ποτιδαιάτας· καὶ ὅσα ἄλλα τοιαῦτα, καὶ εἴ τι ἄλλο ἁμάρτημα τοιοῦτον ὑπάρχει αὐτοῖς.

Ὡς δ' αὔτως καὶ οἱ κατηγοροῦντες, καὶ οἱ ἀπολογούμενοι, ἐκ τῶν ὑπαρχόντων σκοπούμενοι κατηγοροῦσι καὶ ἀπολογοῦνται. Οὐδὲν δὲ διαφέρει, περὶ Ἀθηναίων, ἢ Λακεδαιμονίων, ἢ ἀνθρώπου, ἢ θεοῦ, ταὐτὸ τοῦτο δρᾷν. Καὶ γὰρ συμβουλεύοντα τῷ Ἀχιλλεῖ, καὶ ἐπαινοῦντα καὶ ψέγοντα, καὶ κατηγοροῦντα καὶ ἀπολογούμενον ὑπὲρ αὐτοῦ, τὰ ὑπάρχοντα ἢ δοκοῦντα ὑπάρχειν ληπτέον, ἵν' ἐκ τούτων λέγωμεν ἐπαινοῦντες ἢ ψέγοντες, εἴ τι καλὸν ὑπάρχει ἢ αἰσχρόν· κατηγοροῦντες δὲ ἢ ἀπολογούμενοι, εἴ τι δίκαιον ἢ ἄδικον· συμβουλεύοντες δὲ, εἴ τι συμφέρον ἢ βλαβερόν.

(Chap. XXII.)

VIII. « Lieux » des Enthymèmes ou « Lieux communs ».

(τόποι[1])

Extraits[2].

1. *Les contraires.*

Ἔστι δὲ εἷς μὲν τόπος τῶν δεικτικῶν, ἐκ τῶν ἐναντίων· δεῖ γὰρ σκοπεῖν, εἰ τῷ ἐναντίῳ τὸ ἐναντίον ὑπάρχει[3]· οἷον, ὅτι τὸ σωφρονεῖν, ἀγαθόν· τὸ γὰρ ἀκολασταίνειν, βλαβερόν. Εἰ ὁ πόλεμος αἴτιος τῶν παρόντων κακῶν, μετα τῆς εἰρήνης δεῖ ἐπανορθώσασθαι. Καὶ·

Εἴπερ γὰρ οὐδὲ, τοῖς κακῶς δεδρακόσιν
Ἀκουσίως, δίκαιον εἰς ὀργὴν πεσεῖν,
Οὐδ' εἴγ' ἀναγκασθείς τις εὖ δράσει τινὰ,
Προσῆκόν ἐστι τῷδ' ὀφείλεσθαι χάριν[4].

2. *Les choses qui répugnent entre elles.*

Ἄλλος ἐλεγκτικὸς[1], τὸ τὰ ἀνομολογούμενα σκοπεῖν,

---

1. [On appelle *lieux communs* en littérature et en morale des sujets de développement, de quelque nature qu'ils soient, ou questions toujours débattues, ou vérités partout reconnues, qui constituent une sorte de domaine public de l'esprit]. On appelle *lieux communs* en rhétorique un répertoire (ὅθεν εὐπορήσομεν, dit Aristote, II, 25, fin) où l'orateur qui s'y réfère trouve distinguées, énumérées, classées, les diverses catégories de principes d'argumentation. La liste qui en a été établie par Aristote a été toujours reproduite d'après lui (Cicéron, *Topica*; Quintilien, livre V de nos *De institutione oratoria*; etc.). Aristote a consacré à ce sujet spécial un traité en 8 livres, Τοπικά.

2. Nous en citons trois seulement.

3. « Si le contraire a son contraire, » c'est-à-dire si, une chose étant, son contraire est.

4. Vers attribués à Euripide par le scoliaste.

2-1. Un autre, propre à la réfutation — Le mot de ἄλλος,

εἴ τι ἀνομολογούμενον ἐκ πάντων καὶ χρόνων, καὶ πράξεων, καὶ λόγων· χωρὶς μὲν, ἐπὶ τοῦ ἀμφισβητοῦντος. οἷον, « Καὶ φησὶ μὲν φιλεῖν ὑμᾶς, συνώμοσε δὲ τοῖς Τριάκοντα[2] »· χωρὶς δ' ἐπ' αὐτοῦ, « Καὶ φησὶ μὲν εἶναί με φιλόδικον, οὐκ ἔχει δὲ ἀποδεῖξαι δεδικασμένον οὐδεμίαν δίκην· » χωρὶς δ' ἐπ' αὐτοῦ καὶ τοῦ ἀμφισβητοῦντος, « Καὶ οὗτος μὲν οὐ δεδάνεικε πώποτ' οὐδέν· ἐγὼ δὲ καὶ πολλοὺς λέλυμαι[3] ὑμῶν ».

3. *L'argument personnel*[1].

Ἄλλος, ἐκ τῶν εἰρημένων καθ' αὐτοὺς πρὸς τὸν εἰπόντα· διαφέρει[2] δὲ ὁ τρόπος, ᾧ ἐχρήσατο Ἰφικράτης πρὸς Ἀριστοφῶντα, ἐπερόμενος, εἰ προδοίη ἂν τὰς ναῦς ἐπὶ χρήμασιν· οὐ φάσκοντος δὲ, εἶτα εἶπε, « Σὺ μὲν, Ἀριστοφῶν ὤν, οὐ προδοίης, ἐγὼ δ' ὢν Ἰφικράτης[3] ; » Δεῖ δ' ὑπάρχειν μᾶλλον ἂν δοκοῦντα ἀδικῆσαι ἐκεῖνον[4]· εἰ δὲ μὴ, γελοῖον ἂν φανείη, εἰ πρὸς Ἀριστείδην κατηγοροῦντα, τοῦτό τις ἂν εἴπειεν. Ὅλως γὰρ βούλεται ὁ κατηγορῶν βελτίων εἶναι τοῦ φεύγοντος[5]· τοῦτ' οὖν

---

reproduit uniformément, est la seule transition de l'un à l'autre des 28 « lieux » énumérés par Aristote.

2. Les *Trente tyrans*, ou, comme ici, les *Trente*, nom donné par les Athéniens et par l'histoire aux trente magistrats imposés par Lysandre après la prise d'Athènes (404 av. J.-C.), et chassés huit mois après par Thrasybule. Leur impopularité resta traditionnelle.

3. « J'ai libéré » [de leurs dettes]...

3-1. Que nous appelons après les Latins « argument *adhominem*. »

2. Διαφέρειν, 1° transporter, 2° différer (remettre), 3° différer (être dissemblable), 4° différer en supériorité, l'emporter sur, 5° comme ici, être important.

3. Iphicrate, général athénien (voir sa vie par Cornelius Nepos), avait contribué à l'expulsion des Trente.

4. Ἐκεῖνον, l'accusateur.

5. Διώκειν, poursuivre; *poursuivre en justice*. Φεύγειν, fuir; *être poursuivi en justice*.

ἐξελέγχειν ἀεί [6]. Καθόλου δ' ἄτοπος οὗτός ἐστιν, ὅταν τις ἐπιτιμᾷ ἄλλοις, ἃ αὐτὸς ποιεῖ, ἢ ποιήσειεν ἄν· ἢ προτρέποι ποιεῖν, ἃ αὐτὸς μὴ ποιεῖ, μηδὲ ποιήσειεν ἄν.

(Chap. XXIII.)

IX. Lieux des « Enthymèmes apparents [1] » ou « sophismes ».

Ἐπεὶ δ' ἐνδέχεται, τὸν μὲν εἶναι συλλογισμόν, τὸν δὲ μὴ εἶναι μέν, φαίνεσθαι δέ, ἀνάγκη καὶ ἐνθύμημα, τὸ μὲν εἶναι ἐνθύμημα, τὸ δὲ μὴ εἶναι, φαίνεσθαι δέ· ἐπείπερ τὸ ἐνθύμημα, συλλογισμός τις. Τόποι δ' εἰσὶ τῶν φαινομένων ἐνθυμημάτων.

Extraits [2].

1. *L'accident* [3].

. . . .

Ἄλλος [4], διὰ τὸ συμβεβηκός· οἷον, ὃ λέγει Πολυκράτης [5] εἰς τοὺς μῦς, ὅτι ἐβοήθησαν διατραγόντες τὰς νευράς. Ἢ εἴ τις φαίη, τὸ ἐπὶ δεῖπνον κληθῆναι, τιμιώτατον, διὰ γὰρ τὸ μὴ κληθῆναι ὁ Ἀχιλλεὺς ἐμήνισε τοῖς

---

6. (Ellipse d'un verbe). « Il s'agit donc toujours de le réfuter sur ce point. »

IX-1. Aristote ne désigne pas les sophismes par un nom spécial, mais par le « contraire » d'enthymème, τὸ μὴ εἶναι ἐνθύμημα, comme on le voit dans notre première citation. Les réfuter, c'est en délier le nœud, λύειν.

2. Aristote en distingue 10. Nous en détachons 3.

3. Dans le langage de l'école, *fallacia accidentis* (fait accidentel).

4. Voyez page 57, note 2—1.

5. Auteur d'un *Eloge de Busiris*, critiqué par Isocrate; d'un *Éloge de la souris*.

Ἀχαιοῖς ἐν Τενέδῳ[6]· ὁ δ' ὡς ἀτιμαζόμενος ἐμήνισε· συνέβη δὲ τοῦτο ἐπὶ τοῦ μὴ κληθῆναι[7].

2. *La fausse conséquence.*

Ἄλλος, τὸ παρὰ τὸ ἑπόμενον· οἷον, ἐν τῷ Ἀλεξάνδρῳ[1], ὅτι μεγαλόψυχος· ὑπεριδὼν γὰρ τὴν πολλῶν ὁμιλίαν, ἐν τῇ Ἴδῃ διέτριβε καθ' αὑτόν· ὅτι γὰρ οἱ μεγαλόψυχοι τοιοῦτοι, καὶ οὗτος μεγαλόψυχος δόξειεν ἄν. Ὅμοιον δὲ καὶ ὅτι ἐν τοῖς ἱεροῖς οἱ πτωχοὶ καὶ ᾄδουσι, καὶ ὀρχοῦνται· καὶ ὅτι τοῖς φυγάσιν ἔξεστιν οἰκεῖν, ὅπου ἂν θέλωσιν· ὅτι γὰρ τοῖς δοκοῦσιν εὐδαιμονεῖν ὑπάρχει ταῦτα, καὶ οἷς ὑπάρχει ταῦτα, δόξαιεν ἂν εὐδαιμονεῖν. Διαφέρει δὲ τῷ πῶς[2]· διὸ καί εἰς τὴν ἔλλειψιν ἐμπίπτει[3].

3. *Prendre pour cause ce qui ne l'est pas.*

Ἄλλος, παρὰ τὸ ἀναίτιον, ὡς αἴτιον· οἷον τὸ ἅμα, ἢ μετὰ τοῦτο γεγονέναι[1]· τὸ γὰρ μετὰ τοῦτο, ὡς διὰ τοῦτο λαμβάνουσι, καὶ μάλιστα οἱ ἐν ταῖς πολιτείαις· οἷον ὡς ὁ Δημάδης τὴν Δημοσθένους πολιτείαν, πάντων τῶν κακῶν αἰτίαν· μετ' ἐκείνην γὰρ συνέβη ὁ πόλεμος.

(Chap. XXIV.)

---

6. Sophocle avait composé sur cet événement une tragédie ou un drame satyrique, Σύνδειπνοι (Note de M. N. Bonafous).

7. Mais le courroux d'Achille venait de ce qu'il avait reçu un affront. Il se trouva, par accident, qu'il était en colère, et qu'il ne fut pas invité. (Traduction de M. N. B.).

2-1. Pâris, appelé aussi Alexandre.

2. « Ce qui fait la différence, c'est le comment. »

3. Διὸ καὶ.... C'est pourquoi ce sophisme retombe dans celui de l'« omission » (mentionné plus bas). Il semble aussi tenir de celui qui consiste à « réunir ce qui est divisé » (*fallacia compositionis*), mentionné plus haut.

3 — 1. L'école formule ainsi ce sophisme : *Cum hoc, ergo propter hoc ; post hoc, ergo* etc.

LIVRE III

DE L'ÉLOCUTION ; DE LA DISPOSITION [1]

I. Préliminaires sur l'élocution.

Ἐπειδὴ τρία ἐστὶν ἃ δεῖ πραγματευθῆναι περὶ τὸν λόγον, ἓν μὲν ἐκ τίνων αἱ πίστεις ἔσονται, δεύτερον δὲ περὶ τὴν λέξιν, τρίτον δέ πῶς χρὴ τάξαι τὰ μέρη τοῦ λόγου, περὶ τῆς λέξεως ἐχόμενόν ἐστιν[2] εἰπεῖν· οὐ γὰρ ἀπόχρη τὸ ἔχειν ἃ δεῖ λέγειν, ἀλλ' ἀνάγκη καὶ ταῦτα ὡς δεῖ εἰπεῖν· καὶ συμβάλλεται πολλὰ πρὸς τὸ φανῆναι ποιόν τινα τὸν λόγον.... Καὶ ἔστι φύσεως τὸ ὑποκριτικὸν[3] εἶναι, καὶ ἀτεχνότερον· περὶ δὲ τὴν λέξιν ἔντεχνον. Διὸ καὶ τοῖς τοῦτο δυναμένοις γίγνεται πάλιν ἆθλα[4], καθάπερ καὶ τοῖς κατὰ τὴν ὑπόκρισιν ῥήτορσιν.... Δοκεῖ δὲ καὶ φορτικὸν εἶναι, καλῶς ὑπολαμβανόμενον[5]· ἀλλ', ὅλης οὔσης πρὸς δόξαν τῆς πραγματείας τῆς περὶ

---

1. Sur l'ordre dans lequel Aristote traite de l'une et de l'autre, voyez l'INTRODUCTION, III.

2. Voyez page 25, note 2.

3. Ὑποκριτής, *acteur* ; ὑπόκρισις, le jeu de l'acteur, l'*action* de l'orateur ; ὑποκριτικὸς, habile dans ces deux arts, ici dans l'action oratoire, que d'ailleurs Aristote appelle un instinct (φύσεως) plutôt qu'un art. — Sur le peu qu'Aristote dit de l'action, voir l'INTRODUCTION, III.

4. Δυναμένοις, puissants dans cet art. Δεινὸς λέγειν est usité dans le même sens. — Ἆθλα, BOILEAU dit de même (*A. P.*, III, 394) que Molière

« Peut-être *de son art eût remporté le prix.* »

5. « A le bien prendre, cela est méprisable. »

ῥητορικὴν [6], οὐκ ὀρθῶς ἔχοντος, ἀλλ' ὡς ἀναγκαίου τὴν ἐπιμέλειαν ποιητέον· ἐπεὶ τό γε δίκαιον, μηδὲν πλείω ζητεῖν περὶ τὸν λόγον, ἢ ὡς μήτε λυπεῖν, μήτ' εὐφραίνειν· δίκαιον γὰρ, αὐτοῖς ἀγωνίζεσθαι τοῖς πράγμασιν· ὥστε τἄλλα ἔξω τοῦ ἀποδεῖξαι περίεργά ἐστιν· ἀλλ' ὅμως μέγα δύναται, καθάπερ εἴρηται, διὰ τὴν τοῦ ἀκροατοῦ μοχθηρίαν [7].

(Chap. Ier.)

II. Des qualités principales du style oratoire [1].

1° *La clarté* (σαφήνεια).

Ἔστω οὖν ἐκεῖνα τεθεωρημένα· καὶ ὡρίσθω λέξεως ἀρετὴ, σαφῆ εἶναι· σημεῖον γὰρ, ὅτι ὁ λόγος ἐὰν μὴ δηλοῖ, οὐ ποιήσει τὸ ἑαυτοῦ ἔργον. Τῶν δ' ὀνομάτων καὶ ῥημάτων [2] σαφῆ ποιεῖ τὰ κύρια.

2° *La convenance* (τὸ πρέπον).

Καὶ μήτε ταπεινὴν, μήτε ὑπὲρ τὸ ἀξίωμα, ἀλλὰ πρέπουσαν [1]· ἡ γὰρ ποιητικὴ ἴσως οὐ ταπεινὴ, ἀλλ' οὐ πρέπουσα λόγῳ [2]. Εἰ δοῦλος καλλιεποῖτο, ἢ λίαν νέος,

---

6. Le « travail », la pratique de l'éloquence.

7. L'imperfection morale de l'auditeur. — Sur ce point voyez encore l'Introduction, III.

II-1. Nos rhétoriques modernes traitent du style en général ; Aristote traite exclusivement du style oratoire, et, dans les chapitres du livre IIIe qui lui sont consacrés, il revient fréquemment, et avec un nombreux détail, sur les confusions entre le style poétique et le style oratoire contre lesquelles il veut mettre en garde le lecteur. C'est dans la *Poétique* (chap. 19-22) qu'il a traité des éléments généraux du langage.

2. En termes de grammaire, ὄνομα, *nom*, ῥῆμα, *verbe*, κύριος, *propre*.

2° — 1. Cet accusatif dépend encore de ὡρίσθω λέξεως ἀρετή.

2. Λόγος, pris au sens particulier de « langage en prose ».

ἀπρεπέστερον, ἢ περὶ λίαν μικρῶν· ἀλλ' ἔστι καὶ ἐν τούτοις ἐπισυστελλόμενον καὶ αὐξανόμενον τὸ πρέπον[3]. Διὸ δεῖ λανθάνειν ποιοῦντας, καὶ μὴ δοκεῖν λέγειν πεπλασμένως, ἀλλὰ πεφυκότως· τοῦτο γὰρ πιθανὸν, ἐκεῖνο δὲ τοὐναντίον· ὡς γὰρ πρὸς ἐπιβουλεύοντα διαβάλλονται, καθάπερ πρὸς τοὺς οἴνους τοὺς μεμιγμένους.

(CHAP. II.)

Τὸ δὲ πρέπον ἕξει ἡ λέξις, ἐὰν ᾖ παθητική τε καὶ ἠθικὴ, καὶ τοῖς ὑποκειμένοις πράγμασιν ἀνάλογον.

Τὸ δ' ἀνάλογόν ἐστιν, ἐὰν μήτε περὶ εὐόγκων αὐτοκαβδάλως λέγηται, μήτε περὶ εὐτελῶν σεμνῶς· μηδ' ἐπὶ τῷ εὐτελεῖ ὀνόματι ἐπῇ κόσμος[4]· εἰ δὲ μὴ, κωμῳδία φαίνεται· οἷον ποιεῖ Κλεοφῶν[5]· ὁμοίως γὰρ ἔνια ἔλεγεν, καὶ εἰ εἴπειεν ἂν « πότνια συκῆ ».

Παθητικὴ δὲ, ἐὰν μὲν ᾖ ὕβρις, ὀργιζομένου λέξις· ἐὰν δὲ ἀσεβῆ καὶ αἰσχρὰ, δυσχεραινόντως καὶ εὐλαβουμένως λέγειν· ἐὰν δὲ ἐπαινετὰ, ἀγαμένως· ἐὰν δὲ ἐλεεινὰ, ταπεινῶς· καὶ ἐπὶ τῶν ἄλλων δὲ ὁμοίως. Πιθανοῖ δὲ τὸ πρᾶγμα καὶ ἡ οἰκεία λέξις· παραλογίζεται γὰρ ἡ ψυχὴ ὡς ἀληθῶς λέγοντος, ὅτι ἐπὶ τοῖς τοιούτοις οὕτως ἔχουσιν, ὥστ' οἴονται, εἰ καὶ μὴ οὕτως ἔχει, ὡς ὁ λέγων τὰ πράγματα οὕτως ἔχειν. Καὶ συνομοιοπαθεῖ ὁ ἀκούων ἀεὶ τῷ παθητικῶς λέγοντι, κἂν μηδὲν λέγῃ· διὸ πολλοὶ καταπλήττουσι τοὺς ἀκροατὰς θορυβοῦντες.

Καὶ ἠθικὴ δὲ αὕτη ἡ ἐκ τῶν σημείων δεῖξις, ὅτι ἀκολουθεῖ ἡ ἁρμόττουσα ἑκάστῳ γένει καὶ ἕξει. Λέγω δὲ γένος μὲν καθ' ἡλικίαν, οἷον παῖς, ἢ ἀνὴρ, ἢ γέρων· καὶ γυνὴ, ἢ ἀνήρ· καὶ Λάκων, ἢ Θετταλός. Ἕξεις δὲ, καθ'

---

3. « La convenance n'empêche ni la concision ni l'ampleur. »

4. Une « parure », *ambitiosum ornamentum*, selon l'expression d'Horace.

5. Poète tragique d'Athènes.

ἄς ποιός τις τῷ βίῳ· οὐ γὰρ καθ' ἅπασαν ἕξιν οἱ βίοι ποιοί τινες· ἐὰν οὖν καὶ τὰ ὀνόματα οἰκεῖα λέγῃ τῇ ἕξει, ποιήσει τὸ ἦθος· οὐ γὰρ ταὐτὰ οὐθ' ὡσαύτως ἄγροικος ἂν καὶ πεπαιδευμένος [6] εἴπειεν [7].

(CHAP. VII.)

3° *Les métaphores* (μεταφορά [1].)

Τοῦτο πλεῖστον δύναται καὶ ἐν ποιήσει καὶ ἐν λόγοις. Τοσούτῳ δ' ἐν λόγῳ δεῖ μᾶλλον φιλοπονεῖσθαι περὶ αὐτῶν, ὅσον ἐξ ἐλαττόνων βοηθημάτων ὁ λόγος ἐστὶ τῶν μέτρων [2]. Καὶ τὸ σαφὲς, καὶ τὸ ἡδὺ, καὶ τὸ ξενικὸν [3] ἔχει μάλιστα ἡ μεταφορά. Καὶ λαβεῖν οὐκ ἔστιν αὐτὴν παρ' ἄλλου. Δεῖ δὲ τὰς μεταφορὰς ἁρμοττούσας λέγειν· τοῦτο δ' ἔσται ἐκ τοῦ ἀνάλογον [4]· εἰ δὲ μὴ, ἀπρεπὲς φανεῖται.

De l'analogie dans les métaphores.

Εὐδοκιμοῦσι μάλιστα αἱ κατὰ ἀναλογίαν· ὥσπερ Περικλῆς ἔφη τὴν νεότητα τὴν ἀπολομένην ἐν τῷ πολέμῳ, οὕτως ἠφανίσθαι ἐκ τῆς πόλεως, ὥσπερ εἴ τις τὸ ἔαρ ἐκ τοῦ ἐνιαυτοῦ ἐξέλοι [5].

---

6. Un homme « bien élevé » comme nous disons.

7. La conclusion sera le mot de BUFFON : « Le ton n'est que la convenance du style à la nature du sujet. » (*Discours à l'Académie*, dit « sur le style »).

3°-1. Une remarque préliminaire est essentielle : Aristote (voir la *Poétique*) comprend sous le nom général de *métaphore* la plupart des « figures de mots » dénommées séparément et énumérées dans les Rhétoriques qui ont suivi la sienne (voir Cicéron et Quintilien et les Rhétoriques modernes).

2. « La prose a moins de ressources que la poésie. »

3. Un « air de nouveauté. »

4. Cela résultera de la « proportion », ou « analogie ». Ἀνάλογον est un adverbe, et équivaut à ἀναλόγως.

5. Aristote avait déjà cité (*Rhét.*, I, 7 : .... Λέγων τὴν νεό-

Καὶ Λεπτίνης περὶ Λακεδαιμονίων, οὐκ ἐᾷν περιϊδεῖν τὴν Ἑλλάδα ἑτερόφθαλμον γενομένην.

Καὶ Κηφισόδοτος, σπουδάζοντος Χάρητος εὐθύνας δοῦναι περὶ τὸν Ὀλυνθιακὸν πόλεμον, ἠγανάκτει φάσκων εἰς πνίγμα τὸν δῆμον ἔχοντα τὰς εὐθύνας πειρᾶσθαι δοῦναι [6]. Καὶ παρακαλῶν ποτε τοὺς Ἀθηναίους εἰς Εὔβοιαν ἐπισιτισαμένους, ἔφη, δεῖν ἐξιέναι τὸ Μιλτιάδου ψήφισμα [7].

Καὶ Ἰφικράτης, σπεισαμένων Ἀθηναίων πρὸς Ἐπίδαυρον καὶ τὴν παραλίαν, ἠγανάκτει, φάσκων αὐτοὺς τὰ ἐφόδια τοῦ πολέμου παρῃρῆσθαι.

Καὶ Πειθόλαος τὴν πάραλον, ῥόπαλον τοῦ δήμου, Σηστὸν δὲ, τηλείαν τοῦ Πειραιέως [8].

Καὶ Λυσίας ἐν τῷ ἐπιταφίῳ [9], διότι [10] ἄξιον ἦν ἐπὶ τῷ τάφῳ τῷ τῶν ἐν Σαλαμῖνι τελευτησάντων κείρασθαι τὴν Ἑλλάδα, ὡς συγκαταθαπτομένης τῇ ἀρετῇ αὐτῶν τῆς ἐλευθερίας.

Καὶ Λυκολέων ὑπὲρ Χαβρίου, « Οὐδὲ τὴν ἱκετηρίαν αἰσχυνθέντες αὐτοῦ τὴν εἰκόνα τὴν χαλκῆν· » κινδυνεύοντος γὰρ αὐτοῦ, ἱκετεύει ἡ εἰκών, τὸ ἄψυχον δὴ ἔμψυχον. τὸ ὑπόμνημα τῶν τῆς πόλεως ἔργων [11].

τητα ἐκ τῆς πόλεως ἀνῃρῆσθαι ὥσπερ τὸ ἔαρ ἐκ τοῦ ἐνιαυτοῦ εἰ ἐξαιρεθείη) cette inspiration touchante de l'éloquence, restée classique sous la forme courte de « L'année a perdu son printemps », et qui cependant ne se trouve pas dans l'oraison funèbre que Thucydide prête à Périclès.

6. Charès est le général, populaire comme l'avait été Cléon, dont l'impéritie fut plus tard une des causes de la défaite de Chéronée.

7. Miltiade avait fait « décréter » qu'il fallait marcher contre les Perses « sans délibérer. »

8. Πάραλος, une des deux galères sacrées des Athéniens; l'autre était la Salaminienne : elles ne sortaient que dans les circonstances graves. — Τηλεία (huche à serrer le pain), le « grenier du Pirée. »

9. Lysias, *Oraison funèbre des Athéniens morts en défendant les Corinthiens.*

10. S'emploie quelquefois, comme ici, au sens de ὅτι, *que*; ἔφη est sous-entendu.

11. Un « monument de ce que ville a fait », suppléez, pour eux.

Καὶ « Πάντα τρόπον μικρὸν φρονεῖν μελετῶντες[12] »· τὸ γὰρ μελετᾷν, αὔξειν τί ἐστι.

Καὶ ὅτι τὸν νοῦν ὁ θεὸς φῶς ἀνῆψεν ἐν τῇ ψυχῇ· ἄμφω γὰρ δηλοῖ τι.

Καὶ τὸ τὰς συνθήκας φάναι τρόπαιον εἶναι πολὺ κάλλιον τῶν ἐν τοῖς πολέμοις γενομένων, τὰ μὲν γὰρ ὑπὲρ μικρῶν, καὶ μιᾶς τύχης, αὗται δὲ, ὑπὲρ παντὸς τοῦ πολέμου[13]· ἄμφω γὰρ νίκης σημεῖα.

Ὅτι μὲν οὖν τὰ ἀστεῖα ἐκ μεταφορᾶς τῆς ἀνάλογον[14] λέγεται, εἴρηται.

(Chap. X.)

De la sensation produite par la métaphore.

Τὰς δὲ μεταφορὰς ἐντεῦθεν οἰστέον, ἀπὸ καλῶν, ἢ τῇ φωνῇ[15], ἢ τῇ δυνάμει[16], ἢ τῇ ὄψει, ἢ ἄλλῃ τινὶ αἰσθήσει. Διαφέρει δ' εἰπεῖν, οἷον ῥοδοδάκτυλος Ἠὼς μᾶλλον ἢ φοινικοδάκτυλος, ἢ ἔτι φαυλότερον, ἐρυθροδάκτυλος[17].

(Chap. II.)

Des métaphores vicieuses.

Μεταφοραὶ ἀπρεπεῖς, αἱ μὲν διὰ τὸ γελοῖον· χρῶνται γὰρ καὶ οἱ κωμῳδοποιοὶ μεταφοραῖς· αἱ δὲ διὰ τὸ σεμνὸν ἄγαν καὶ τραγικόν· ἀσαφεῖς δὲ, ἂν πόῤῥωθεν. Οἷον Γοργίας, « χλωρὰ καὶ ἔναιμα τὰ πράγματα[18] »· « σὺ

---

12. S'*étudiant* de toute manière à se *ravaler*. Alliance de mots analogue à celle du vers célèbre de Corneille (*Cinna*, II, 1) :
Et monté sur le faîte il *aspire à descendre*.

13. Isocrate, *Panégyr.* XLVIII.

14. Voyez page 64, note 4.

15. L'euphonie.

16. La valeur de leur signification.

17. L'aurore aux doigts de rose, — de pourpre, — rouges.

18. A part les « affaires pâles », on a peine à condamner avec Aristote les métaphores qui suivent.

δὲ ταῦτα αἰσχρῶς μὲν ἔσπειρας, κακῶς δὲ ἐθέρισας »· ποιητικῶς γὰρ ἄγαν. Καὶ ὡς Ἀλκιδάμας, τὴν φιλοσοφίαν « ἐπιτείχισμα τῶν νόμων ; » καὶ τὴν Ὀδύσσειαν « καλὸν ἀνθρωπίνου βίου κάτοπτρον. »

(Chap. III.)

III. De l'image ou comparaison (εἰκών).

Ἔστι δὲ καὶ ἡ εἰκὼν μεταφορά· διαφέρει γὰρ μικρόν· ὅταν μὲν γὰρ εἴπῃ τὸν Ἀχιλλέα, « ὡς δὲ λέων ἐπόρουσεν[1] », εἰκών ἐστιν· ὅταν δὲ, « λέων ἐπόρουσε, » μεταφορά· διὰ γὰρ τὸ ἄμφω ἀνδρείους εἶναι, προσηγόρευσε, μετενέγκας λέοντα, τὸν Ἀχιλλέα.

Χρήσιμον δὲ ἡ εἰκὼν καὶ ἐν λόγῳ· ὀλιγάκις δὲ· ποιητικὸν γάρ. Οἰστέαι δὲ, ὥσπερ αἱ μεταφοραί· μεταφοραὶ γάρ εἰσι διαφέρουσαι τῷ εἰρημένῳ. Εἰσὶ δ' εἰκόνες· οἷον ἣν Ἀνδροτίων[2] εἰς Ἰδριέα, ὅτι « ὅμοιος τοῖς ἐκ τῶν δεσμῶν κυνιδίοις· ἐκεῖνά τε γὰρ προσπίπτοντα δάκνει, καὶ Ἰδριέα λυθέντα ἐκ τῶν δεσμῶν εἶναι χαλεπόν ».

Καὶ τὸ ἐν τῇ πολιτείᾳ τῇ Πλάτωνος[3], ὅτι « οἱ τοὺς τεθνεῶτας σκυλεύοντες ἐοίκασι τοῖς κυνιδίοις, ἃ τοὺς λίθους δάκνει, τῶν βαλόντων οὐχ ἁπτόμενα. » Καὶ ἡ εἰς τὰ μέτρα τῶν ποιητῶν, ὅτι « ἔοικε τοῖς ἄνευ κάλλους ὡραίοις· οἱ μὲν γὰρ ἀπανθήσαντες, τὰ δὲ διαλυθέντα, οὐχ ὅμοια φαίνεται[4] ».

Καὶ ἡ Περικλέους εἰς Σαμίους, « ἐοικέναι αὐτοὺς τοῖς παιδίοις, ἃ τὸν ψωμὸν δέχονται μὲν, κλαίοντα δέ ». καὶ εἰς Βοιωτοὺς, ὅτι « ὅμοιοι τοῖς πρίνοις· τούς τ

III-1. Homère a dit (*Iliade*, XX, 164) :

. . . . ὦρτο, λέων ὥς.

2. Disciple d'Isocrate.

3. *République*, livre V.

4. « Ne sont plus reconnaissables ». *République*, livre X.

γὰρ πρίνους ὑφ' αὐτῶν κατακόπτεσθαι, καὶ τοὺς Βοιωτοὺς πρὸς ἀλλήλους μαχομένους. »

Καὶ ὡς Ἀντισθένης[5] Κηφισόδοτον τὸν λεπτὸν λιβανωτῷ εἴκασεν, ὅτι ἀπολλύμενος εὐφραίνει.

Πάσας γὰρ ταύτας, καὶ ὡς εἰκόνας, καὶ ὡς μεταφορὰς ἔξεστι λέγειν. Ὥστε ὅσαι ἂν εὐδοκιμῶσιν, ὡς μεταφοραὶ λεχθεῖσαι, δῆλον ὅτι αὗται καὶ εἰκόνες ἔσονται, καὶ αἱ εἰκόνες, μεταφοραὶ λόγου δεόμεναι. Ἀεὶ δὲ δεῖ τὴν μεταφορὰν τὴν ἐκ τοῦ ἀνάλογον, ἀνταποδιδόναι, καὶ ἐπὶ θάτερα[6], καὶ ἐπὶ τῶν ὁμογενῶν· οἷον, εἰ ἡ φιάλη ἀσπὶς Διονύσου, καὶ τὴν ἀσπίδα ἁρμόττει λέγεσθαι φιάλην Ἄρεως.

(Chap. IV.)

IV. De l'abus des épithètes.

Ψυχρὸν[1] ἐν τοῖς ἐπιθέτοις, τὸ, ἢ μακροῖς, ἢ ἀκαίροις, ἢ πυκνοῖς χρῆσθαι. Ἐν μὲν γὰρ ποιήσει πρέπει « γάλα λευκὸν » εἰπεῖν· ἐν δὲ λόγῳ, τὰ μὲν ἀπρεπέστερα· τὰ δὲ ἂν ᾖ κατακορῆ, ἐξελέγχει, καὶ ποιεῖ φανερὸν, ὅτι ποίησίς ἐστιν. Ἐπεὶ δεῖ γε χρῆσθαι αὐτῇ· ἐξαλλάττει γὰρ τὸ εἰωθὸς, καὶ ξενικὴν ποιεῖ τὴν λέξιν[2]. Ἀλλὰ δεῖ στοχάζεσθαι τοῦ μετρίου· ἐπεὶ μεῖζον ποιεῖ κακὸν τοῦ εἰκῆ λέγειν. Ἡ μὲν γὰρ οὐκ ἔχει τὸ εὖ· ἡ δὲ, τὸ κακῶς. Διὸ τὰ Ἀλκιδάμαντος ψυχρὰ φαίνεται· οὐ γὰρ ἡδύσματι χρῆται, ἀλλ' ὡς ἐδέσματι[3], τοῖς ἐπιθέ-

5. Philosophe de la secte des Cyniques.

6. « Qu'elle soit réciproque ».

IV-1. La froideur du style tient à plusieurs causes, dit Aristote ; il les énumère. L'une d'elles est l'abus des épithètes.

2. Donne au « style un air de nouveauté ». Voir p. 64, n. 3°-3.

3. Notez l'ingénieuse allitération produite par l'opposition de ces deux substantifs de forme et de son si voisins ; le français ne peut reproduire que l'opposition des idées qu'ils expriment : son style semble, non pas agrémenté, *assaisonné*, mais *nourri* d'épithètes.

τοις, οὕτω πυκνοῖς, καὶ μείζοσι, καὶ ἐπιδήλοις· οἷον, οὐχ ἱδρῶτα, ἀλλὰ τὸν « ὑγρὸν ἱδρῶτα »· καὶ οὐχὶ νόμους, ἀλλὰ « τοὺς τῶν πόλεων βασιλεῖς νόμους »· καὶ « ἀντίμιμον τῆς ψυχῆς » ἐπιθυμίαν (τοῦτο δ' ἅμα καὶ διπλοῦν καὶ ἐπίθετον· ὥστε ποίημα γίγνεται)· καὶ οὕτως « ἔξεδρον » τὴν τῆς μοχθηρίας ὑπερβολήν. Διὸ ποιητικῶς λέγοντες, τῇ ἀπρεπείᾳ τὸ γελοῖον καὶ τὸ ψυχρὸν ἐμποιοῦσι, καὶ τὸ ἀσαφὲς διὰ τὴν ἀδολεσχίαν.

(Chap. III.)

V. De la période.

Τὴν λέξιν ἀνάγκη εἶναι ἢ εἰρομένην καὶ τῷ συνδέσμῳ μίαν, ἢ κατεστραμμένην[1].

Λέγω δὲ εἰρομένην, ἣ οὐδὲν ἔχει τέλος καθ' αὑτήν, ἂν μὴ τὸ πρᾶγμα λεγόμενον τελειωθῇ. Ἔστι δὲ ἀηδής, διὰ τὸ ἄπειρον· τὸ γὰρ τέλος πάντες βούλονται καθορᾷν. Διόπερ[2] ἐπὶ τοῖς καμπτῆρσιν ἐκπνέουσι καὶ ἐκλύονται· προορῶντες γὰρ τὸ πέρας, οὐ κάμνουσι πρότερον.

Λέγω δὲ περίοδον, λέξιν ἔχουσαν ἀρχὴν καὶ τελευτὴν αὐτὴν καθ' αὑτήν, καὶ μέγεθος εὐσύνοπτον[3]. Ἰδεῖα

V-1. Ou formée de phrases successives liées par la conjonction, chacune formant un sens, un *tout* (μίαν); ou procédant par tours et retours, ou *période*.

2. « C'est pour cette [dernière] raison que les coureurs »...

3. « Si la période a un commencement et une fin par elle-même, indépendamment des phrases qui la bornent, c'est qu'elle exprime un mouvement de la pensée, qui a son point de départ et son terme où elle aboutit. De l'un à l'autre il se fait dans l'esprit de l'auditeur une marche et un progrès, pendant lequel la période le soutient et le mène, jusqu'à ce qu'il soit arrivé où l'orateur a voulu qu'il fût conduit. Ainsi la phrase ne demeure suspendue que pour faire pénétrer insensiblement au fond de l'âme un sentiment ou une idée qui, sans ces préparations, n'aurait pas le temps de faire son effet et n'entrerait pas aussi avant ; de manière que la période est à elle seule un petit discours qui a son exorde, son développement et sa péroraison, comme le discours tout

δ' ἡ τοιαύτη, καὶ εὐμαθής. Ἡδεῖα μὲν, διὰ τὸ ἐναντίως ἔχειν τῷ ἀπεράντῳ· καὶ ὅτι αἰεί τι οἴεται ἔχειν ὁ ἀκροατὴς, τῷ αἰεὶ πεπεράνθαι τι αὐτῷ· τὸ δὲ μηδὲν προνοεῖν εἶναι, μηδὲ ἀνύειν, ἀηδές[4]. Εὐμαθὴς δὲ, ὅτι εὐμνημόνευτος· τοῦτο δὲ, ὅτι ἀριθμὸν ἔχει.

Περίοδος δὲ, ἡ μὲν, ἐν κώλοις· ἡ δὲ ἀφελής. Ἔστι δὲ, ἐν κώλοις μὲν, λέξις ἡ τετελειωμένη τε καὶ διῃρημένη, καὶ εὐανάπνευστος. Κῶλον δ' ἐστὶ, τὸ ἕτερον μόριον ταύτης. Ἀφελῆ δὲ λέγω τὴν μονόκωλον. Δεῖ δὲ καὶ τὰ κῶλα, καὶ τὰς περιόδους, μήτε μειούρους εἶναι, μήτε μακράς. Τὸ μὲν γὰρ μικρὸν, προσπταίειν πολλάκις ποιεῖ τὸν ἀκροατήν· ἀνάγκη γὰρ, ὅταν ἔτι ὁρμῶν ἐπὶ τὸ πόῤῥω, καὶ τὸ μέτρον, οὗ ἔχει ἐν ἑαυτῷ ὅρον, ἀντισπασθῇ παυσαμένου, οἷον προσπταίειν γίγνεσθαι διὰ τὴν ἀντίκρουσιν. Τὰ δὲ μακρὰ ἀπολείπεσθαι ποιεῖ, ὥσπερ οἱ ἐξωτέρω ἀποκάμπτοντες τοῦ τέρματος· ἀπολείπουσι γὰρ καὶ οὗτοι τοὺς συμπεριπατοῦντας.

(Chap. IX.)

VI. De l' « esprit » (ἀστεῖα[1]) dans le style.

Πόθεν λέγεται τὰ ἀστεῖα, καὶ τὰ εὐδοκιμοῦντα, λεκ-

---

entier. » (E. Havet, *De la Rhétorique d'Aristote.*) — « On peut définir la période une pensée composée de plusieurs autres pensées, dont le sens est suspendu jusqu'à un dernier repos qui est commun à toutes. » (J.-V. Le Clerc, *Nouvelle rhétorique*).

4. « Mêlant toujours l'esprit philosophique le plus élevé aux observations les plus modestes, Aristote explique le plaisir que nous cause une période bien faite, par cet instinct de notre nature qui fait que nous voulons tout limiter et tout circonscrire. » (E. Havet, *ibid.*).

VI-1. Ἀστεῖα (ἄστυ, *urbs*, la ville), *urbana*, choses fines, par opposition à ἄγρια, ἄγροικα (ἄγρος, *ager*, *rus*, la campagne) choses rustiques, grossières. — « Ceux qui méprisent le génie d'Aristote seraient bien étonnés de voir qu'il a enseigné, parfaitement, dans sa *Rhétorique*, la manière de dire les choses avec

τέον. Ποιεῖν μὲν οὖν ἐστι τοῦ εὐφυοῦς[2], ἢ τοῦ γεγυμνασμένου· δεῖξαι δὲ, τῆς μεθόδου ταύτης. Εἴπωμεν οὖν καὶ διαριθμησώμεθα. Ἀρχὴ δ' ἔστω ἡμῖν αὕτη· τὸ γὰρ μανθάνειν ῥᾳδίως, ἡδὺ φύσει πᾶσίν ἐστι· τὰ δὲ ὀνόματα σημαίνει τι· ὥστε ὅσα τῶν ὀνομάτων ποιεῖ ἡμῖν μάθησιν, ἥδιστα. Αἱ μὲν οὖν γλῶτται[3], ἀγνῶτες· τὰ δὲ κύρια, ἴσμεν. Ἡ δὲ μεταφορὰ ποιεῖ τοῦτο[4] μάλιστα· ὅταν γὰρ εἴπῃ τὸ γῆρας καλάμην, ἐποίμησε ἄθησιν καὶ γνῶσιν διὰ τοῦ γένους[5]· ἄμφω γὰρ ἀπηνθηκότα. Ποιοῦσι μὲν οὖν καὶ αἱ τῶν ποιητῶν εἰκόνες τὸ αὐτό· διόπερ, ἂν εὖ, ἀστεῖον φαίνεται. Ἔστι γὰρ ἡ εἰκὼν, καθάπερ εἴρηται πρότερον, μεταφορὰ διαφέρουσα προσθέσει· διὸ ἧττον ἡδὺ, ὅτι μακροτέρως· καὶ οὐ λέγει ὡς τοῦτο ἐκεῖνο· οὐκοῦν οὐδὲ ζητεῖ τοῦτο ἡ ψυχή. Ἀνάγκη δὴ, καὶ λέξιν καὶ ἐνθυμήματα ταῦτα εἶναι ἀστεῖα, ὅσα ποιεῖ ἡμῖν μάθησιν ταχεῖαν· διὸ οὔτε τὰ ἐπιπόλαια τῶν ἐνθυμημάτων εὐδοκιμεῖ· ἐπιπόλαια γὰρ λέγομεν τὰ παντὶ δῆλα, καὶ ἃ μηδὲν δεῖ ζητῆσαι[6]· οὔτε ὅσα, εἰρη-

---

esprit : il dit que cet art consiste à ne pas se servir simplement du mot propre, qui ne dit rien de nouveau ; mais qu'il faut employer une métaphore, une figure, dont le sens soit clair et l'expression énergique.... Aristote a bien raison de dire qu'il faut du nouveau. Le premier qui, pour exprimer que les plaisirs sont mêlés d'amertume, les regarda comme des roses accompagnées d'épines eut de l'esprit ; ceux qui le répétèrent n'en eurent point ». (VOLTAIRE, *Dictionn. philosophique*, article *Esprit*, section II). — On va voir que le résumé le plus exact de la théorie de l'esprit par Aristote se trouve dans toutes les expressions que l'on a rencontrées dans ces lignes de Voltaire.

2. Voyez page 1, note 1.

3. Les mots étrangers.

4. Τοῦτο, c'est-à-dire ποιεῖ ἡμῖν μάθησιν.

5. Par le moyen du *genre*. Καλάμη, *calamus*, chaume ; paille flétrie, ici (HOMÈRE, *Od.* XIV, 213 ; Ulysse à Eumée).

6. « Ce n'est pas toujours par une métaphore qu'on s'exprime spirituellement ; c'est par un tour nouveau, c'est *en laissant deviner* sans peine une partie de sa pensée : c'est ce qu'on appelle finesse, délicatesse ; et cette manière est d'autant plus agréable qu'elle exerce et fait valoir l'esprit des autres. » (VOLTAIRE, *ibid.*).

μένα, ἀγνοούμενά ἐστιν, ἀλλ' ὅσων ἢ ἅμα λεγομένων ἡ γνῶσις γίγνεται, καὶ εἰ μὴ πρότερον ὑπῆρχεν, ἢ μικρὸν ὑστερίζει ἡ διάνοια· γίγνεται γὰρ οἷον[7] μάθησις[8].

(CHAP. X.)

VII. Du style expressif (ἐνέργεια[1]) et pittoresque (πρὸ ὀμμάτων[2]).

Λεκτέον δὲ, τί λέγομεν πρὸ ὀμμάτων, καὶ τί ποιοῦσι γίγνεται τοῦτο. Λέγω δὴ πρὸ ὀμμάτων ταῦτα ποιεῖν, ὅσα ἐνεργοῦντα σημαίνει· οἷον, τὸν ἀγαθὸν ἄνδρα φάναι εἶναι τετράγωνον[3], μεταφορά· ἄμφω γὰρ τέλεια[4]· ἀλλ' οὐ σημαίνει ἐνέργειαν. Ἀλλὰ, τὸ « ἀνθοῦσαν ἔχοντος τὴν ἀκμὴν », ἐνέργεια. Καὶ,

Τοὐντεῦθεν οὖν Ἕλληνες ἀΐξαντες ποσί[5]·

τὸ « ἀΐξαντες » ἐνέργεια καὶ μεταφορά. Καὶ ὡς κέχρηται Ὅμηρος πολλαχοῦ τῷ τὰ ἄψυχα ἔμψυχα λέγειν, διὰ τῆς μεταφορᾶς. Ἐν πᾶσι δὲ τὸ ἐνέρνειαν, ποιεῖν, εὐδοκιμεῖ· οἷον ἐν τοῖσδε,

Αὖθις ἔπι δάπεδόν τε κυλίνδετο λάας ἀναιδής[6].

---

7. De cette façon, à cette condition.

8. Les principales formes que prend l' « esprit » dans le style sont, dit Aristote, après la métaphore, l'antithèse et le pittoresque de l'expression.

VII-1. L'ἐνέργεια consiste à présenter des images *agissantes* (ἐνεργεῖν, agir), peignant le mouvement et la vie. C'est un degré de plus que cette ἐνάργεια, *evidentia*, *repræsentatio*, comme le traduit QUINTILIEN, qui la distingue de la simple *perspicuitas* (clarté), et dont il dit : « Magna virtus est res de quibus loquimur, *ut cerni videantur*, enunciare..... et *oculis mentis* ostendere. » (*De Inst. Or.*, VIII, 3).

2. « Peindre, c'est non-seulement décrire les choses, mais en représenter les circonstances d'une manière si vive et si *sensible* que l'auditeur *s'imagine presque les voir* ». (FÉNELON, *Dialog. sur l'éloq.*, II.)

3. Carré, parce que le carré est une figure *parfaite*, limitée dans toutes ses parties.

4. « Les deux termes renferment une idée de perfection ».

5. EURIPIDE, *Iphig. en Aul.*, vers 80. Aristote change l'image en substituant ποσί à δόρυ.

6. HOMÈRE, *Od.*, XI, 598.

Καὶ,

"Επτατ' ὀϊστός[7],
'Επιπτέσθαι μενεαίνων[8],

Καὶ,

'Εν γαίῃ ἵσταντο λιλαιόμενα χροὸς ἆσαι[9],

Καὶ,

Αἰχμὴ δὲ στέρνοιο διέσσυτο μαιμώωσα[10],

'Εν πᾶσι γὰρ τούτοις, διὰ τὸ ἔμψυχα εἶναι, ἐνεργοῦντα φαίνεται· τὸ ἀναισχυντεῖν[11] γὰρ, καὶ μαιμᾷν, καὶ τἄλλα, ἐνέργεια. Ταῦτα δὲ προσῆψε διὰ τῆς κατὰ ἀναλογίαν μεταφορᾶς· ὡς γὰρ ὁ λίθος πρὸς τὸν Σίσυφον[12], ὁ ἀναισχυντῶν πρὸς τὸν ἀναισχυντούμενον. Ποιεῖ δὲ καὶ ἐν ταῖς εὐδοκιμούσαις εἰκόσιν ἐπὶ τῶν ἀψύχων ταῦτα·

Κυρτὰ, φαληριόωντα· πρὸ μὲν τἄλλ', αὐτὰρ ἐπ' ἄλλα[13].

κινούμενα γὰρ καὶ ζῶντα ποιεῖ πάντα. Ἡ δ' ἐνέργεια, μίμησις.

(Chap. XI.)

VIII. Différence du style écrit (λέξις γραφική) et de la parole publique (ἀγωνιστική[1]).

Δεῖ μὴ λεληθέναι, ὅτι ἄλλη ἑκάστῳ γένει ἁρμόττει λέξις· οὐ γὰρ ἡ αὐτὴ γραφικὴ καὶ ἀγωνιστική· οὐδὲ

7. Id., *Iliade*, XIII, 587.
8. Id., *ibid.*, IV, 126.
9. Id., *ibid.*, XI, 574.
10. Id., *ibid.*, XV, 541.
11. Allusion à l'épithète de ἀναιδής appliquée à λάας.
12. Πρὸς, à l'égard de, par rapport à Sisyphe, dont Lucrèce (III, 1013) dit :

... Adverso nixantem trudere monte
Saxum, quod tamen à summo jam vertice [rursum
Volvitur et plani raptim petit æquora campi.

13. Ce vers s'applique aux vagues, κύματα.

VIII-1. Un discours public, délibératif ou judiciaire, est une *lutte* (ἀγών). Un discours du genre démonstratif tient plutôt du style écrit : ἡ ἐπιδεικτικὴ λέξις γραφικωτάτη (*ibid.*) ; tels les discours d'Isocrate.

δημηγορικὴ καὶ δικανική. Ἄμφω δὲ ἀνάγκη εἰδέναι· τὸ μὲν γὰρ, ἔστιν ἑλληνίζειν ἐπίστασθαι· τὸ δὲ, μὴ ἀναγκάζεσθαι κατασιωπᾷν, ἄν τι βούληται μεταδοῦναι τοῖς ἄλλοις· ὅπερ πάσχουσιν οἱ μὴ ἐπιστάμενοι γράφειν. Ἔστι δὲ λέξις, γραφικὴ μὲν, ἡ ἀκριβεστάτη· ἀγωνιστικὴ δὲ, ἡ ὑποκριτικωτάτη[2]. Καὶ παραβαλλόμενοι, οἱ μὲν τῶν γραφικῶν ἐν τοῖς ἀγῶσι στενοὶ[3] φαίνονται· οἱ δὲ τῶν ῥητόρων, εὖ λεχθέντες, ἰδιωτικοὶ ἐν ταῖς χερσίν[4]. Αἴτιον δὲ, ὅτι ἐν τῷ ἀγῶνι ἁρμόττει. Διὸ καὶ τὰ ὑποκριτικὰ, ἀφῃρημένης τῆς ὑποκρίσεως, οὐ ποιοῦντα τὸ αὑτῶν ἔργον, φαίνεται εὐήθη· οἷον τὰ ἀσύνδετα, καὶ τὸ πολλάκις τὸ αὐτὸ εἰπεῖν ἐν τῇ γραφικῇ, ὀρθῶς ἀποδοκιμάζεται· ἐν δὲ ἀγωνιστικῇ καὶ οἱ ῥήτορες χρῶνται· ἔστι γὰρ ὑποκριτικά.

(Chap. XII.)

IX. De la disposition.

1. *Des parties du discours.*

Ἔστι δὲ τοῦ λόγου δύο μέρη· ἀναγκαῖον γὰρ, τό τε πρᾶγμα εἰπεῖν περὶ οὗ, καὶ τότ' ἀποδεῖξαι. Διὸ εἰπόντα μὴ ἀποδεῖξαι, ἢ ἀποδεῖξαι μὴ προειπόντα, ἀδύνατον. Ὅ τε γὰρ ἀποδεικνύων ἀποδείκνυσί τι, καὶ ὁ προλέγων ἕνεκα τοῦ ἀποδεῖξαι προλέγει. Τούτων δὲ, τὸ μὲν, πρόθεσίς[1] ἐστι· τὸ δὲ, πίστις. Ἀναγκαῖα ἄρα μόρια, πρόθεσις, καὶ πίστις. Ἴδια μὲν οὖν ταῦτα· τὰ δὲ πλεῖστα,

2. Voir page 61, note 3.
3. « Paraissent maigres dans les débats ».
4. « Paraissent insuffisants et ridicules à la lecture ». Ἴδιος, particulier; ἰδιώτης, simple particulier, homme du commun, ignorant (d'où nous avons fait, par exagération, *idiot*).

IX, 1-1. Les mots latin et français traduisent exactement le grec : *propositio*, *proposition* (τιθέναι, *ponere*, d'où θέσις).

προοίμιον, πρόθεσις, πίστις, ἐπίλογος· τὰ γὰρ πρὸς τὸν ἀντίδικον[2], τῶν πίστεών ἐστι· καὶ ἡ ἀντιπαραβολὴ, αὔξησις τῶν αὐτοῦ, ὥστε μέρος τι τῶν πίστεων· ἀποδείκνυσι γάρ τι ὁ ποιῶν τοῦτο· ἀλλ' οὐ τὸ προοίμιον, οὐδ' ὁ ἐπίλογος, ἀλλ' ἀναμιμνήσκει[3].

(CHAP. XIII.)

2. *De l'exorde* (προοίμιον).

Τὸ μὲν οὖν προοίμιόν ἐστιν ἀρχὴ λόγου· ὅπερ ἐν ποιήσει πρόλογος, καὶ ἐν αὐλήσει προαύλιον· πάντα γὰρ ἀρχαὶ ταῦτ' εἰσὶ, καὶ οἷον ὁδοποίησις τῷ ἐπιόντι[1].

Τὸ μὲν οὖν ἀναγκαιότατον ἔργον τοῦ προοιμίου καὶ ἴδιον τοῦτο, δηλῶσαι, τί ἐστι τὸ τέλος, οὗ ἕνεκα ὁ λόγος. Διόπερ, ἂν δῆλον ᾖ καὶ μικρὸν τὸ πρᾶγμα, οὐ χρηστέον προοιμίῳ. Τὰ δὲ ἄλλα εἴδη οἷς χρῶνται, ἰατρεύματα[2], καὶ κοινά. Λέγεται δὲ ταῦτα, ἔκ τε τοῦ λέγοντος, καὶ τοῦ ἀκροατοῦ, καὶ τοῦ πράγματος, καὶ τοῦ ἐναντίου.

Περὶ αὐτοῦ μὲν καὶ τοῦ ἀντιδίκου, ὅσα περὶ διαβολὴν λῦσαι καὶ ποιῆσαι[3]. Ἔστι δὲ οὐχ ὁμοίως· ἀπολογουμένῳ μὲν γὰρ, πρῶτον τὰ πρὸς διαβολήν· κατηγοροῦντι δ', ἐν τῷ ἐπιλόγῳ. Δι' ὃ δὲ, οὐκ ἄδηλον· τὸν μὲν γὰρ ἀπολογούμενον, ὅταν μέλλῃ εἰσάξειν αὑτὸν, ἀναγκαῖον ἀνελεῖν τὰ κωλύοντα· ὥστε λυτέον πρῶτον

2. La « réfutation ».

3. On voit avec quelle rigueur d'analyse philosophique Aristote réduit les parties du discours à deux : annoncer ce qu'on veut prouver, le prouver. D'où il suit que l'exorde est, à proprement parler, parasite, et que la péroraison le serait si elle ne contenait la récapitulation qui d'ailleurs n'est qu'un rappel (ἀναμιμνήσκει, d'où ἀνάμνησις) de ce qui a été prouvé.

2-1. Τὸ ἐπιόν, ce qui *survient*. Notez l'analogie des deux mots (ἐπί, sur, ἰέναι, aller).

2. « Recettes »; analogie frappante de métaphore entre les deux langues (ἰατρός, médecin).

3. Ellipse d'un verbe : « ce qui [sert à] détruire ou établir une imputation ».

τὴν διαβολήν· τῷ δὲ διαβάλλοντι, ἐν τῷ ἐπιλόγῳ διαβλητέον, ἵνα μνημονεύσωσι μᾶλλον.

Τὰ δὲ πρὸς τὸν ἀκροατὴν, ἐκ τοῦ εὔνουν ποιῆσαι, καὶ ἐκ τοῦ ὀργίσαι, καὶ ἐνίοτε δὲ ἐκ τοῦ προσεκτικὸν, ἢ τοὐναντίον· οὐ γὰρ αἰεὶ συμφέρει ποιεῖν προσεκτικόν. Διὸ πολλοὶ εἰς γέλωτα πειρῶνται προάγειν. Εἰς δὲ εὐμάθειαν ἅπαντα ἀνάξει, ἐάν τις βούληται· καὶ τὸ ἐπιεικῆ φαίνεσθαι· προσέχουσι γὰρ μᾶλλον τούτοις. Προσεκτικοὶ δὲ τοῖς μεγάλοις, τοῖς ἰδίοις, τοῖς θαυμαστοῖς, τοῖς ἡδέσι. Διὸ δεῖ ἐμποιεῖν, ὡς περὶ τοιούτων ὁ λόγος. Ἐὰν δὲ μὴ προσεκτικοὺς, ὅτι μικρὸν, ὅτι οὐδὲν πρὸς ἐκείνους, ὅτι λυπηρόν.

Δεῖ δὲ μὴ λανθάνειν, ὅτι πάντα ἔξω τοῦ λόγου τὰ τοιαῦτα· πρὸς φαῦλον[4] γὰρ ἀκροατὴν, καὶ τὰ ἔξω τοῦ πράγματος ἀκούοντα· ἐπεὶ ἂν μὴ τοιοῦτος ᾖ, οὐδὲν δεῖ προοιμίου, ἀλλ' ἢ ὅσον τὸ πρᾶγμα εἰπεῖν κεφαλαιωδῶς, ἵνα ἔχῃ ὥσπερ σῶμα κεφαλήν.

(Chap. XIV.)

3. *De la narration* (διήγησις).

Νῦν γελοίως τὴν διήγησίν φασι δεῖν εἶναι ταχεῖαν. Καίτοι ὥσπερ ὁ τῷ μάττοντι ἐρομένῳ, πότερον σκληρὰν ἢ μαλακὴν[1] μάξει, « τί δ', ἔφη, εὖ[2] ἀδύνατον ; » καὶ ἐνταῦθα ὁμοίως· δεῖ γὰρ μὴ μακρῶς διηγεῖσθαι, ὥσπερ οὐδὲ προοιμιάζεσθαι μακρῶς, οὐδὲ τὰς πίστεις λέγειν· οὐδὲ γὰρ ἐνταῦθά ἐστι τὸ εὖ, ἢ τῷ ταχὺ, ἢ τῷ συντό-

4. Φαῦλος, *vilis*, sans valeur, frivole, méprisable. — Sur ce dédain philosophique d'Aristote, sur son détachement en ce qui touche l'élocution en général et, ici, l'exorde en particulier, voyez page 75, note XI, 1-3, et l'Introduction, III.

3-1. S.-ent. μᾶζαν, la pâte du pain, dont la racine se retrouve dans le verbe.

2. Ποιεῖν est sous-entendu.

μως, ἀλλὰ τῷ μετρίως· τοῦτο δ' ἐστὶ, τὸ λέγειν ὅσα δηλώσει τὸ πρᾶγμα, ἢ ὅσα ποιήσει ὑπολαβεῖν γεγονέναι, ἢ βεβλαφέναι, ἢ ἠδικηκέναι, ἢ τηλικαῦτα ἡλίκα βούλει· τῷ δὲ ἐναντίῳ τὰ ἐναντία.

Ἀπολογουμένῳ δὲ, ἐλάττων ἡ διήγησις. Αἱ δ' ἀμφισβητήσεις, ἢ μὴ γεγογέναι, ἢ μὴ βλαβερὸν εἶναι, ἢ μὴ ἄδικον, ἢ μὴ τηλικοῦτον· ὥστε περὶ τὸ ὁμολογούμενον οὐ διατριπτέον, ἐὰν μή τι εἰς ἐκεῖνο συντείνῃ, οἷον, εἰ πέπρακται, ἀλλ' οὐκ ἄδικον.

Ἂν δ' ἄπιστον ᾖ, τότε τὴν αἰτίαν ἐπιλέγειν· ὥσπερ Σοφοκλῆς ποιεῖ παράδειγμα, τὸ ἐκ τῆς Ἀντιγόνης, ὅτι μᾶλλον τοῦ ἀδελφοῦ ἐκήδετο, ἢ ἀνδρὸς, ἢ τέκνων· τὰ μὲν γὰρ ἂν γενέσθαι ἀπολόμενα[3].

Μητρὸς δ' ἐν ᾅδου καὶ πατρὸς βεβηκότων,
Οὐκ ἔστ' ἀδελφὸς ὅστις ἂν βλάστοι ποτέ[4].

Πολλαχοῦ δὲ δεῖ διηγεῖσθαι, καὶ ἐνίοτε καὶ ἐν ἀρχῇ. Ἐν δὲ δημηγορίᾳ[5] ἥκιστα διήγησίς ἐστιν, ὅτι περὶ τῶν μελλόντων οὐδεὶς διηγεῖται· ἀλλ', ἐάν περ διήγησις ᾖ, τῶν γενομένων ἔσται, ἵνα ἀναμνησθέντες ἐκείνων, βέλτιον βουλεύσωνται περὶ τῶν ὕστερον, ἢ διαβάλλοντες, ἢ ἐπαινοῦντες.

(Chap. XVI.)

4. *De la réfutation* (ἔλεγξις).

Τῶν ἐνθυμημάτων τὰ ἐλεκτικὰ μᾶλλον εὐδοκιμεῖ[1] τῶν δεικτικῶν, ὅτι[2] ὅσα ἔλεγχον ποιεῖ μᾶλλον δηλονότι συλλελόγισται.

---

3. [Alléguant] que, ceux-ci morts, on peut (ἄν) les remplacer.
4. *Antigone*, vers 911.
5. « Dans le genre délibératif ».

4-1. « Sont plus goûtés, réussissent mieux. »
2. Parce que.

Τὰ δὲ πρὸς τὸν ἀντίδικον, οὐχ ἕτερόν τι εἶδος, ἀλλὰ τῶν πίστεών ἐστι [3], τὰ μὲν [4] λῦσαι ἐνστάσει, τὰ δὲ συλλογισμῷ. Δεῖ δὲ καὶ ἐν συμβουλῇ, καὶ ἐν δίκῃ, ἀρχόμενον μὲν λέγειν τὰς ἑαυτοῦ πίστεις πρότερον· ὕστερον δὲ, πρὸς τἀναντία ἀπαντᾷν, λύοντα καὶ προδιασύροντα. Ἂν δὲ πολύχους ᾖ ἡ ἐναντίωσις, πρότερον τὰ ἐναντία. Ὕστερον δὲ λέγοντα, πρῶτον τὰ πρὸς τὸν ἐναντίον λόγον λεκτέον, λύοντα καὶ ἀντισυλλογιζόμενον, καὶ μάλιστα ἂν εὐδοκιμηκότα ᾖ· ὥσπερ γὰρ ἄνθρωπον προδιαβεβλημένον οὐ δέχεται ἡ ψυχὴ, τὸν αὐτὸν τρόπον οὐδὲ λόγον, ἐὰν ὁ ἐναντίος εὖ δοκῇ εἰρηκέναι. Δεῖ οὖν χώραν ποιεῖν ἐν τῷ ἀκροατῇ τῷ μέλλοντι λόγῳ. Ἔσται δὲ, ἂν ἀνέλῃς· διὸ ἢ πρὸς πάντα, ἢ τὰ μέγιστα, ἢ τὰ εὐδοκιμοῦντα, ἢ τὰ εὐέλεγκτα μαχεσάμενον, οὕτω τὰ αὑτοῦ πιστὰ ποιητέον.

(Chap. XVII.)

5. *De la raillerie* (τὸ γελοῖον[1]).

Περὶ δὲ τῶν γελοίων, ἐπειδή τινα δοκεῖ χρῆσιν ἔχειν ἐν τοῖς ἀγῶσι, καὶ δεῖν ἔφη Γοργίας, τὴν μὲν σπουδὴν

3. Mot-à-mot, « ne constituent pas une seconde espèce, mais sont de celle des preuves ».

4. Ὥστε est sous-entendu.

5-1. Quintilien a traité longuement et pertinemment (*De Inst. Orat.*, VI, 3) de l'emploi du rire (*risus*) et du ridicule (*ridiculum*) dans l'éloquence; sujet particulièrement délicat et difficile, dit-il, sur lequel les Grecs ont écrit (*hæc tota disputatio a Græcis* περὶ γελοίου *inscribitur*). Ce genre de talent, ajoute-t-il, a manqué à Démosthène; Cicéron, *nimius risûs affectator*, en a abusé. — Cicéron, avant lui, avait lu *quosdam græcos libros* De ridiculis (*De Orat.*, 15, 54), et sans doute l'ouvrage de Théophraste que mentionne Diogène Laërce; et il consacre à ce sujet, dont il dit *Suavis et vehementer sæpe utilis jocus*, presque un quart du second livre de son *De Oratore* (54-71). Il le fait traiter par celui des interlocuteurs de son dialogue qui y était maître (*longè aliis excellit*). César. — On sera frappé de la brièveté, un peu dédaigneuse, d'Aristote.

διαφθείρειν τῶν ἐναντίων γέλωτι, τὸν δὲ γέλωτα σπουδῇ, ὀρθῶς λέγων, εἴρηται πόσα εἴδη γελοίων ἐστὶν, ἐν τοῖς περὶ ποιητικῆς[2]· ὧν τὸ μὲν, ἁρμόττει ἐλευθέρῳ· τὸ δὲ, οὔ. Ὅπως οὖν τὸ ἁρμόττον αὐτῷ[3] λήψεται. Ἔστι δ' ἡ εἰρωνεία τῆς βωμολοχίας ἐλευθεριώτερον· ὁ μὲν γὰρ αὑτοῦ ἕνεκα[4] ποιεῖ τὸ γελοῖον· ὁ δὲ βωμολόχος, ἑτέρου.

(Chap. XVIII.)

6. *De la péroraison* (ἐπίλογος).

1° *En quoi elle consiste.*

Ὁ δ' ἐπίλογος σύγκειται ἐκ τεττάρων, ἔκ τε τοῦ πρὸς ἑαυτὸν κατασκευάσαι εὖ τὸν ἀκροατὴν, καὶ τὸν ἐναντίον φαύλως· καὶ ἐκ τοῦ αὐξῆσαι καὶ ταπεινῶσαι· καὶ ἐκ τοῦ εἰς τὰ πάθη τὸν ἀκροατὴν καταστῆσαι· καὶ ἐξ ἀναμνήσεως. Πέφυκε γὰρ μετὰ τὸ ἀποδεῖξαι, αὐτὸν μὲν ἀληθῆ, τὸν δὲ ἐναντίον ψευδῆ, οὕτω τὸ ἐπαινεῖν, καὶ ψέγειν, καὶ ἐπιχαλκεύειν[1]. Δυοῖν δὲ θατέρου δεῖ στοχάζεσθαι, ἢ ὅτι τούτοις ἀγαθὸς, ἢ ὅτι ἁπλῶς[2]· ὁ δὲ, ὅτι κακὸς τούτοις, ἢ ὅτι ἁπλῶς..... Μετὰ δὲ ταῦτα, εἰς τὰ πάθη ἄγειν τὸν ἀκροατήν· ταῦτα δ' ἐστὶν, ἔλεος, καὶ δείνωσις, καὶ ὀργὴ, καὶ μῖσος, καὶ φθόνος, καὶ ζῆλος, καὶ ἔρις[3].

---

2. Cette partie de la *Poétique* est perdue.

3. Encore une ellipse, celle d'un verbe régi par ὅπως, tel que ἔσεται.

4. C'est-à-dire, pour son plaisir; ἑτέρου, pour faire rire les autres.

6, 1°-1. Mettre la dernière main; proprement, en parlant du forgeron, donner le dernier (ἐπὶ, en sus) coup de marteau. Notez ces expressions métaphoriques qui ne sont pas rares dans le style froidement analytique et philosophique d'Aristote. Cf. page 40, note 3, et page 48, n. 1.

2. Bon pour ses auditeurs, ou [bon] absolument; c'est-à-dire qu'on veut leur bien, ou, simplement, qu'on est bon.

3. L'animosité. Ἐρίζειν, quereller.

2° *De la récapitulation* (ἀνάμνησις).

Ἀρχὴ δὲ, διότι[1], ἃ ὑπέσχετο, ἀπέδωκεν· ὥστε ἅ τε, καὶ δι' ὅ, λεκτέον. Λέγεται δὲ ἐξ ἀντιπαραβολῆς τοῦ ἐναντίου. Παραβάλλειν δὲ, ἢ ὅσα περὶ τὸ αὐτὸ ἄμφω εἶπον, ἢ μὴ κατ' ἀντικρύ. « Ἀλλ' οὗτος μὲν τάδε περὶ τούτου· ἐγὼ δὲ, ταδί, καὶ διὰ ταῦτα. » Ἢ ἐξ εἰρωνείας, οἷον, « Οὗτος γὰρ τάδ' εἶπεν, ἐγὼ δὲ τάδε. » Καί, « Τί ἂν ἐποίει, εἰ τάδε ἔδειξεν, ἀλλὰ μὴ τάδε ; » Ἢ ἐξ ἐρωτήσεως· « Τί οὐ δέδεικται ; ἢ οὗτος τί ἔδειξεν ; » Ἢ δὴ οὕτως, ἢ ἐκ παραβολῆς, ἢ κατὰ φύσιν, ὡς ἐλέχθη, οὕτω, τὰ αὐτοῦ· καὶ πάλιν, ἐὰν βούλῃ, χωρὶς τά τοῦ ἐναντίου λόγου. Τελευτὴ δὲ τῆς λέξεως ἁρμόττει ἡ ἀσύνδετος, ὅπως ἐπίλογος, ἀλλὰ μὴ λόγος ᾖ· « εἴρηκα, ἀκηκόατε, ἔχετε, κρίνατε[2]. »

(Chap. XIX et dernier.)

1. Voyez page 65, note 10.
2. Ainsi finissait le discours de Lysias contre Eratosthène : « Ἀκηκόατε, ἑωράκατε, πεπόνθατε, ἔχετε, δικάζετε. »

TABLE DES MATIÈRES

3495-96. — CORBEIL. Imprimerie ÉD. CRÉTÉ.

www.ingramcontent.com/pod-product-compliance
Ingram Content Group UK Ltd.
Pitfield, Milton Keynes, MK11 3LW, UK
UKHW021109260726
13994UKWH00002B/805